Klaus Bittermann (Hg.)

Warum sachlich, wenn's auch persönlich geht

Klaus Bittermann, geboren 1952, lebt als Autor und Verleger in Berlin. Buchveröffentlichungen: »Das Sterben der Phantome. Verbrechen und Öffentlichkeit«, Berlin 1988. »Geisterfahrer der Einheit. Kommentare zur Wiedervereinigungskrise«, Berlin 1995.

Edition
TIAMAT
Deutsche Erstveröffentlichung
Herausgeber:
Klaus Bittermann
1. Auflage: Berlin, 1997

Grimmstr. 26 — 10967 Berlin
Druck: Schwarzdruck Berlin
Buchumschlag unter Verwendung eines Gemäldes von
Wolfgang Herrndorf
ISBN: 3-89320-010-X

Klaus Bittermann (Hg.)

Warum sachlich, wenn's auch persönlich geht

Das Who's Who peinlicher Personen

Jahrbuch 1997

Wissenschaftlicher Beirat:
Wiglaf Droste, Fritz Eckenga, Thomas Gsella
Gerhard Henschel, Jürgen Roth, Michael Rudolf
Christian Schmidt, Peter Schneider
Fritz Tietz, Mathias Wedel

Critica
Diabolis
72

Edition
TIAMAT

»Every day of my life
I'm forced to add another name
to the list of people
who piss me off.«
Calvin

INHALT

Alt, Franz – Die Jüngeren unter uns erinnern sich an ihn noch als einen mehr oder minder unauffälligen Exponenten des öffentlichrechtsliberalen Alternativprogramms (»Report«) zum rechtlichlinksliberalen Alternativprogramm (»Monitor«). Wie auch die anderen Helden unserer Kindertage (»Der kleine dicke Ritter«, »Hiram Holliday« oder »Skippy, das Känguruh«) wäre auch er wohl langsam, aber sicher in gnädige Vergessenheit und in den wohlverdienten Ruhestand geraten, hätte er nicht irgendwann den Dreh mit dem neuen Mann Jesus und der Energiegewinnung aus Binsen herausgekriegt. Apropos: Was ist der Unterschied zwischen Bumsen und Vögeln? – Bumsen können nicht fliegen. Binsen auch nicht. Darum schickt die Sonne auch keine Rechnung. »In dem Heiler Jesus haben wir die geistige Atombombe, mit deren Hilfe wir die materiellen Atombomben überwinden können – die privaten, die beruflichen, die politischen und die militärischen Atombomben, die uns gefangenhalten.« (Franz Alt)

Berben, Iris – »Exzessive Nächte sind was Wunderbares, egal in welcher Form« – da kennt die Berben keine falschen Tabus. »Ich bin eine Miezekatze und eine Raubkatze zugleich. Ich mag deren stolzen, leisen Gang und deren Ungehorsam« – und läßt auch keinerlei Klischees nicht aus.

Ich will nun mal so fragen: Kann vielleicht jemand der behaupteten Femme fatale und nebenberuflichen Schauspielerin, kann also jemand Frau Berben bitte, bitte zwar äußerst schonend, aber mindestens ebenso bestimmt beibringen, daß es garantiert nichts Abtörnenderes gibt als dieses ihr fortwährendes sinnliches Grimassieren in jeder Lebenslage und Filmeinstellung? Es sieht nämlich ganz und gar nicht nach dem aus, was es darstellen soll, sondern nur nach einem schlecht behandelten Magengeschwür. Danke.

Bergfleth, Gerd – Hat schon frühzeitig darauf hingewiesen, daß die Aufklärung im Deutschland der Nachkriegszeit völlig »verjudet« gewesen sei, weil die Juden der Frankfurter Schule die »Erinnerung an die heidnisch germanische Vergangenheit« unterdrückt und dann noch »Unmenschen« gezüchtet hätten. Später sorgte er sich dann um die heilige Mutter Erde und würde gerne ein paar Milliarden Schinderknechte über die Klinge springen lassen, die sinnlos auf ihr herumtrampeln. Wo »jede Scheu, jede Scham, jede Achtung vor der Erde« gestorben ist, dauert es nicht mehr lange, bis der »Großkollaps« kommt, »wie ihn die Welt noch nicht gesehen hat. Der Countdown läuft, der Boden wird heiß, der Crash kündigt sich an. Sieben, acht, bald zehn Milliarden Schinderknechte – welche Erde sollte das hinnehmen?« Da sitzen wir also sinnlos und tunichtgut auf der guten alten Erde herum und fragen uns, ob Gerd Bergfleth auch wirklich immer seine Pantoffeln an hat und einen dicken Velourteppich über die Erde ausgebreitet, um ihr nicht auf die Zehen zu latschen oder zwischen die Rippen zu treten, ob er sie auch immer schön mit Eiswürfeln kühlt, wo sie heiß wird, und ob er die richtigen Pillen für die Erde bereithält, wenn der Großkollaps naht? Wenn nämlich nicht, Gerd Bergfleth, dann sollten Sie aber schleunigst mit gutem Beispiel vorangehen und die arme leidende Erde nicht länger mit ihrer Anwesenheit belästigen. Der Countdown läuft!

Berghoff, Dagmar – Was dabei rauskommt, wenn Dagmar Berghoff mal nicht Nachrichten vom Blatt abliest, sondern selber welche aufschreibt, das ist schon einen Asbach Uralt wert, könnte sich Nina Ruge gedacht haben, als sie Dagmar Berghoff bat, etwas über lockeres und professionelles Nachrichtensprechen zu schreiben. Ausgerechnet die Dagmar Berghoff, die die Nachrichten so locker vorliest, als müßte sie sie aus einer Zwangsjacke heraus sprechen, und bei der mir immer einfällt: »Der Tod ist eine Nachrichtensprecherin aus Deutschland.« Die Dagmar Berghoff, die sich in ihrer Vorstandsfunktion beim HSV Fußballspiele anguckt und die sich dabei jedes Mal 90 Minuten lang fragt: »Was machen die da unten auf dem Rasen eigentlich die ganze Zeit? Können die nicht was Anständiges arbeiten?« Ausgerechnet Dagmar Berghoff also, der man über jede beliebige Nachrichtenstrecke ansieht, wie fest und wie lange sie die Schenkel zusammenpressen kann. Dagmar Berghoff, die die trostlose Ausstrahlung eines Tiefdruckgebiets hat mit nichts als Nieselregen, die so kompetent und seriös wirkt wie jemand, der sein Abitur im Neckermann-Versandkatalog bestellt hat und nicht versteht, daß es ihr bis heute trotz mehrfacher Mahnungen nicht zugeschickt wurde, von der man nie sicher sein kann, ob sie die Nachrichten auch wirklich versteht, die sie vorliest, die Dagmar Berghoff schreibt also, daß »speziell Nachrichtensprecher« »eine gewisse Ausstrahlung haben« müssen. Sie »müssen seriös und kompetent wirken. Das Abitur ist Voraussetzung, weil eine gewisse Allgemeinbildung benötigt wird. Der Nachrichtensprecher muß verstehen, was er liest, um die Meldungen verständlich über den Schirm zu bringen.« Und ausgerechnet Dagmar Berghoff, die so steif ist wie ein Steifftier und so menschlich wirkt wie eine ägyptische Mumie, schreibt, Nachrichtensprecher müßten Nachrichten sprechen, »ohne dabei steif und unmenschlich wie eine Sprechmaschine zu wirken«.

So danebenhauen können Nachrichtensprecherinnen manchmal!

Biermann, Wolf – So lange hatte man nichts von ihm gehört, daß man sich schon frug: Was wurde eigentlich aus ... Wolf Biermann? Es wird ihm doch nichts zugestoßen sein? Arm war das öffentliche Leben geworden: Niemand sollte mehr »à la lanterne!« gehängt und auch kein Stasi mehr notgeschlachtet werden; einzig eine Anekdote wurde Anfang 1997 über ihn erzählt. Die Einweisung in eine zwar nicht luxuriös, aber vollständig eingerichtete Garderobe in Gelsenkirchen nämlich habe Biermann so kommentiert: »Hier sieht's ja aus wie in Dachau.« Denn unter einem KZ-Vergleich, das durfte man schon oft erfahren, tut es Wolf Biermann beim Dichten nur äußerst ungern.

Dann aber war Biermann plötzlich wieder da, und zwar back with a bang!, wie man so sagt. »Journaille« heißt das Gedicht, das Biermann unverlangt an die *Süddeutsche Zeitung* schickte, die das Dokument dankenswerterweise druckte: am 8. März 1997 auf der Medienseite, in einer Rubrik namens »so gesehen«. Eine letztgültige Vernichtungssuada muß Biermann vorgeschwebt haben; kopflos hühnert der Dichter los: »Ob sie loben oder tadeln / Runterreißen oder adeln / Ob sie soffen oder pißten / Glocken läuten, Hochzeit hupen / Ob sie flotte Features pupen / Promis lecken oder beißen / Auf dich schwören oder scheißen.«

Mutterseelenallein durchwandert Wolf Biermann das Land Fäkalien. Sein Biermanndeutsch läßt die Bilder in die Binsen gehen: »Unterm Schädeldach blüht Schimmel / In der Brust schlägt schlapp ein Pimmel«. Wo hat er das wieder her? Muß man sich auch noch anatomisch sorgen um Wolf Biermann? Knüppel aus dem Sack kennt man ja von den Gebrüdern Grimm her – aber »Pimmel in der Brust«? Netten Umgang scheint der Mann ebenfalls nicht zu haben: »Knebelbartbewachsne Weiber / Hippen ohne Unterleiber«. Bei so gestalteten Freundinnen ist es technisch gesehen allerdings von Vorteil, wenn dem Manne der Pimmel in der Brust sitzt bzw. schlägt.

Auch auf das Terrain der Silberhochzeitslyrik wagt sich der reimende Biermann vor: »Sie beklackern Bärbel Bohley / Covergeil mit Helmut Kohley«. Bohley auf »Kohley« – es ist nicht zu fassen, nicht zu singen noch zu sagen; er muß endgültig wahnsinnig geworden sein. Und die *Süddeutsche Zeitung* bekommt Biermanns 60.000 Mark Büchner-Preisgeld – für ihre Kalauerkasse.

Biller, Maxim – Den Maulhelden und klassischen Feigling erkennt man leicht: Sein Mut wird um so größer und prahlerischer, je angeschlagener der Gegner ist; im günstigsten Falle ist er bereits tot und begraben, dann fällt das Mummhaben am leichtesten. Die Methode ist bekannt und beliebt: Woche für Woche werden im Fragebogen der *FAZ* Hitler und Stalin zwar nicht gehaßt, aber immerhin »verachtet«, daß es nur so kracht, und die DDR wird, seit es sie nicht mehr gibt, täglich glühender und heroischer verwünscht und gefressen von Heldenzwergen wie Wolf Biermann, Henlyk M. Blodel u.v.a.m.

Gut 20 Jahre nach ihrem Tod am 9. Mai 1976 hat es nun auch Ulrike Meinhof voll erwischt: Im *Zeit magazin* nimmt Maxim Biller, der ehemalige »Hundert Zeilen Haß«-Onkel von *Tempo,* Maß und schreibt Ulrike Meinhof ein Boulevardepitaph mit allen Schikanen: »Diese kalte Frau mit dem warmen Augenaufschlag« sei ein »bolschewistisches Terrormonster« gewesen, weiß Biller und singt »von den zerfetzten, zerstückelten, zu Tode traumatisierten Menschen, die Ulrike Meinhofs Taten und Texten zum Opfer gefallen sind«. Abgesehen davon, daß man Texten nicht zum Opfer fallen kann, nicht einmal denen von Maxim Biller und leider auch Maxim Biller nicht dieser Suada hier – wen hätte denn bitte Ulrike Meinhof »zerfetzt« und »zerstückelt«? Oder hat Biller den Krampf bloß aus dem rechtsalternativen Berliner Programmkalender *zitty* abgeschrieben, in dem ein – gepriesen sei der Name! – Jan Gympel aus Ulrike Meinhof eine »Massenmörderin« machte, weil ihm gerade danach war?

Was willer, der Biller, fragte man sich, aber er sagt nichts, er erzählt nur Senf wie diesen: »Ich bin ein richtiger, echter Kolumnist, und genau deshalb hasse ich Ulrike Meinhof, quasi von Kollege zu Kollegin, auch mit jeder Taste meines Computers und jeder Windung meines Gehirns.« Booah ey, kann der hassen! Mit jeder Taste seines Computers! Für einen Auftritt im Zirkus müßte das reichen.

Wie aber kommt einer darauf, solch frei flottierende Denunzianz in die Welt zu tröten über Ulrike Meinhof, für die sich außer einer Handvoll Struppis im Hamburger Schanzenviertel und außer Oliver Tolmein, dem Selfmade-RAF-Experten, der, was immer es bedeuten möge, Ulrike Meinhof in *konkret* »Ikone und Präparat« nannte, niemand interessiert, am wenigsten Maxim Biller – der allerdings dem Tolmein ähnelt wie ein Eierbowist dem anderen?

Billers simulierter Haßausbruch, seine Als-ob-Empörung speist sich aus allein einer Quelle: der Halluzination. Um Ulrike Meinhof schlachten zu könnnen, muß er sie als Popanz erst aufbauen, und so behauptet er, es werde demnächst »Ulrike Meinhof-Straßen, -Gymnasien, -Stiftungen und -Preise« geben, weil angeblich ja alle deutschen Linken, Liberalen und Intellektuellen »verrückt nach ihr« seien. Der Trick ist so alt wie schäbig: Erst wird die Nachricht herbeigelogen, und dann schwillt dem Kommentator der Kamm.

Billers provozierend sein wollender, aber grundfeiger Text teilt nur eins mit: Auch mehr als 20 Jahre nach ihrem Tod ist Ulrike Meinhof für Biller ein solches *Lenor*-Gewissen, daß er sich an ihrer Leiche noch die Füße abtreten muß.

Biolek, Alfred – Über fünfzig Jahre hat die deutsche Nation durchgehalten, um erleben zu können, wie sich der Kanzler bei Alfred Biolek die Ehre gibt. Und wie?

Na und wie! Wir blenden uns ein:

Der Ballon sitzt rechts; links in *bleu, black* und staatstragend-standhaft der Knirps. »Öhm – hähä. Knurps«, schüttelt es ihn kurz. Der Staatsmann schnaubt und atmet schwer, mit Jelzin habe es, weil der Russe damals am Herzen operierte, d.h. am Herzen laborierte, keinen Saunabesuch gegeben, »meck – meck – meck«, geckert das Zieglein lustig aus dem so früh schon vorletzten Loch, aber was er, der Kanzler, ihm, Herrn Biolegg, und allen Zuschauern zu Hause sagen wolle, deshalb sitze er ja hier, es hätte ja keinen Wert, Geheimnisse um Dinge zu machen, die der Mensch draußen vor den Fernsehschirmen wissen wolle, was er meine: »Ich war mit Gorbatschow gar nicht gut vom Ursprung.«

Besser laufe es seit jeher daheim in Oggersheim. »Natürlich, regelmäßig, häufig« treffe er seine Söhne, Hannelore in der ersten Reihe haut sich vor Vergnügen bald die Buchs kaputt, »Freitag schon?« fragt das Biotönnchen, weiß aber selbst und auf dem Fuß die Antwort: »Hahahahahahaheckheckheck.«

Sie sind beide, das Monster und der falsche Kobold, dieses nahezu ideale Unterhaltungtandem, dumm wie

– sei der höchste Phrasenverwalter gnädig – Bohnenstroh. Sackweise. »Wir waren ein kleines Beamtenhaus, wie man so zu sagen pflegt«, erzählt die Kanzlermehrheit, Landwirt wolle er nun nicht mehr werden; fällt Bio, das sprotzelnde Häkeldeckchen, jetzt vom Stuhl? Vor Begeisterung, Bewunderung und Freude?

»Wassmiier meine normale Blahnungk zerschläggd, sinn Besuche, die einfach kommen«, tadelt Kohl das seinerzeit unangemeldete Aufkreuzen eines Königs aus Burundi vor dem Bundeskanzleramt. Und »am Middwoch ist Kabbinedd.«

Wir blenden uns aus. Heil Ihnen beiden!

Zurück nach Bonn.

Bisky, Lothar – Hat ein weiteres Kapitel sozialdemokratischer Weicheiigkeit geschrieben – und ein äußerst peinliches dazu. Als sich nämlich herausstellte, daß die PDS zum Objekt der Verfassungsschutzbegierde geworden war, nahm Bisky dies nicht als Geschenk des Himmels an, um solch dämliches Vorhaben des Berliner Innensenators Schönbohm auszuschlachten und politisch in die Offensive zu gehen, sondern er machte auf verfolgte Unschuld und stellte öffentlich und recht unappetitlich seine Feigheit und Unterwürfigkeit zur Schau. Da fiel einem wieder ein, daß seine Partei nicht ohne Grund »Partei des demokratischen Selbstmitleids« genannt wird. In einem *Spiegel*-Gespräch mit Schönbohm winselte und wanselte Bisky: »Darf man denn nicht mehr anmerken, daß eine klassenlose Gesellschaft vielleicht erstrebenswert ist? Darf man sich nicht einmal mehr Sozialist nennen?« So zurückhaltend und vorsichtig die Frage jedoch gestellt war, es ging nicht darum, ob man darf, sondern warum man das sollte, denn seit wann – so frage ich mich

– hat die Larmoyanz Biskys oder das politische Programm der PDS irgend etwas mit Sozialismus zu tun?

Freiwillig legte sich Bisky, der vergeblich auf die Erlaubnis Schönbohms wartete, sich Sozialist nennen zu dürfen, auf den Bauch, streckte alle viere von sich und beteuerte immer wieder, wie fest er auf dem Boden des Grundgesetzes stehe, ein Kunststück, das ihm erst einmal jemand nachmachen muß. »Die PDS lebt auf der Grundlage des Grundgesetzes der Bundesrepublik Deutschland, ihre Ziele sind absolut demokratisch. Es ist mir schon peinlich, das dauernd wiederholen zu müssen.« Aber mit Sicherheit nicht so peinlich wie demjenigen, der einen Klassenstreber eifrig mit den Fingern schnalzen sieht, weil Bisky mitteilen will, daß er und seine PDS nicht einfach bloß »demokratisch« seien, sondern »absolut demokratisch«. Und auch nicht so peinlich wie demjenigen, der gezwungen ist, seinen unwürdigen Bekenntnissen zuzuhören, seinen flehentlichen und devoten Bitten, endlich aus der Hand desjenigen fressen zu dürfen, der ihn prügelt. Und zu Schönbohm gewandt, fragte der Mann von der traurigen Gestalt, dem jede Ironie fremd ist: »Was erwarten Sie von mir, soll ich nun jeden Morgen einen heiligen Eid aufs Grundgesetz schwören?« Schönbohm hätte nur »Ja« sagen müssen, und Bisky wäre der Wunsch Befehl gewesen, falls er seine Läuterung zum Grundgesetzfetischisten nicht sowieso in sein Morgengebet eingeschlossen hat.

»Ich gewinne wirklich zunehmend den Eindruck, daß uns eine Sonderbehandlung droht, weil wir politisch anders denken«, sagte Bisky noch. Aber abgesehen davon, daß Biskys Jammerläppischkeit keinen Anhaltspunkt dafür liefert, hier würde jemand denken, weshalb er auch nicht »anders« oder »politisch« denken kann, ist die Anspielung auf die nationalsozialistische »Sonderbehandlung«, die Bisky auf die PDS zukommen sieht, recht lächerlich, denn die Selbstmitleidstour ergibt noch keinen Verfolgtenbonus, weshalb man Bisky einmal ernst nehmen und seinen ganzen Verein einschließlich Vorstand in die Sonderschule schicken sollte, um ihnen das politische Einmaleins beizubringen, zu dem wenigstens gehört, daß man von dieser Art Märtyrerquatsch gefälligst die Finger zu lassen hat, und zwar unter Androhung der Anwendung gewisser fundamentalistischer Gesetze.

Blodel, Henlyk M. – Hat sich vom Kritiker des linken Antisemitismus zum kompromißlosen Verfechter längerer Ladenöffnungszeiten entwickelt. Hat dann entdeckt, daß alles Stasi ist, außer Mutti natürlich. Es wird gemunkelt, daß Blodel, wie der Name schon sagt, ein Chinesengünstling ist, der im Auftrag von Deng Xiao Ping bzw. Pong oder Peng als U-Boot versucht, den verbliebenen Qualitätsanspruch des *Spiegel* zu versenken. Bei dieser Gelegenheit soll auch ein Mißverständnis aufgeklärt werden: Das M. zwischen Henlyk und Blodel heißt nicht, wie Harry Rowohlt vermutet hat, »Mittelinitial«, sondern Moppel.

Bode, Franz-Josef – Ein 46 Jahre alter Pfaffe, der sich in seiner Eigenschaft als Vorsitzender der Jugendkommission der Deutschen Bischofskonferenz an die Zielgruppe der Minderjährigen und Heranwachsenden anschleimt und dabei die glitschige Sprache des Opportunisten hoch und runter betet: »Die Mehrzahl sucht eine tragfähige Gemeinschaft, eine Orientierung im Dschungel von Angeboten und Meinungen, Antworten auf ihre Fragen nach Perspektiven. [...] Das bedeutet für uns eine echte Herausforderung. [...] Ich habe die große Sorge, daß wir mit vielen von ihnen nicht mehr in Kontakt kommen. [...] wird es immer ein Problem sein, ein Gefühl der Geborgenheit zu vermitteln.« Warum nur, schreit meine von solcher Grabbeltischfolklore und schmierseifiger Mißbrauchsrhetorik zutiefst gepeinigte Seele, stopft diesem salbadernden Schwarzrock niemand die Klappe, so wie früher Benjamin Peret, der zu einer Zeit, als die Surrealisten noch recht hatten, jede vorübergehende Soutane aufs übelste beschimpfte.

Böttinger, Bettina – Ob er im Stehen oder im Sitzen pinkle, wollte Bettina Böttinger von Uwe Ochsenknecht wissen. Aber warum wollte sie das wissen, gehört diese Frage doch eindeutig in die »Po und Darm«-Hölle eines Jean Pütz-Palü und schon allein deshalb verboten? Warum also? Aus der Zwangsvorstellung heraus, sie könnte vielleicht doch irgendwie der Klodeckel sein, für den Harald Schmidt sie einmal hielt? Oder weil sie das Buch ihrer Kollegin Carmen Thomas falsch verstanden hat und jetzt testen möchte, ob am männlichen Urin, speziell an dem von Uwe Ochsenknecht, was dran ist? Oder – was ich besonders amüsant finden würde – weil sich an dieser Frage entscheidet, wie es um die Gleichberechtigung der Frau bestellt ist? Durchaus möglich, daß das vor sich hinbrabbelnde »Emanzipationstantra« (Roger Willemsen) letzteres gemeint hat, denn Emanzipation ist ihr ein Anliegen. Dafür sprechen würde immerhin, daß die investigative Topjournalistin Böttinger endlich den praktischen Nutzen der ganzen Emanzipationsdebatte aufdecken und direkt und quasi ungeschminkt auf den Punkt bringen wollte. Glückwunsch, denn das ist ihr tatsächlich gelungen! Über die schrecklichen Folgen der Debatte jedoch schweigt die Emanzipationstante, und zwar ausgiebig und hartnäckig bzw. umgekehrt. Kein Wunder auch. Eine dieser Folgen nämlich heißt Bettina Böttinger.

Bohlen, Dieter – Daß Dieter Bohlen nicht ganz gesund war, wußte man schon zu Zeiten, als er noch zusammen mit einem gewissen Thomas Anders auftrat; er hatte es an der Kirsche (»Cherry, Cherry Lady«). Daß es etwas Ernsteres sein mußte, wurde klar, als er mit dem Quassel-Model Verona Feldbusch eine »Blitz-Ehe« *(Bild)* einging. Die währte nur einige Wochen und endete schließlich, nach einer wenig überraschenden »Blitz-Trennung« *(Bild)* und einem schon überraschenderen »Blitz-Zurück« (*Bild*), zwar nicht in einem Blitz-, dafür aber in einem »Ehe-Krieg« (*Bild*), der in mehrere »Ehe-Schlachten« (*Bild*) oder aber auch »Ehe-Schlammschlachten« (*Bild*) zerfiel. Auch daß Dieter zum Schluß einen Schlaganfall erlitt, ist bekannt, ebenso, daß dieser allerdings nur Verona kurzfristig ins Krankenhaus brachte. Obwohl also der Krankheitsverlauf gut dokumentiert ist, bestritt Herr Bohlen immer, ernsthafte gesundheitliche Probleme zu haben. Erst im Frühjahr 1997 bekannte sich der »Mega-Musik-Produzent« *(Bild)* dann endlich öffentlich und schriftlich zu seinem maladen Zustand. Und zwar in Moskau, wo Plakate für einen Auftritt Bohlens warben: »Diter Bolen« stand da in kyrillischen Buchstaben zu lesen. Das aber bedeutet auf russisch nichts anderes als: »Diter ist krank.« Ergänzt wurde die Aufschrift mit: »Im Kreml am 8. und 9. März.« Natürlich reagierten die Moskauer auf diese Nachricht schwer verwundert bis amüsiert. Nur die Tatsache, daß »Diters« Band »Blaues System« (»Blue System«) heißt, wird sie weniger überrascht haben: Nachdem das rote verschwunden ist, sind sie es schon seit einiger Zeit gewohnt, in einem solchen zu leben.

Seit seinem Auftritt in Moskau ist Bohlen wieder offen, und zwar für seine Aushilfslebensgefährtin Naddel, die er Ende der Siebziger auf einer Knaddel-Daddel-Äppelwoi-Party im Friesischen kennengelernt hatte. Naddel kann gut kochen und unterstützt Dieter bei seinen Hobbies, nämlich u.a. Blondinen in Discos anquatschen, Kavalierstarts an Ampeln hinlegen und nach Rasierwasser stinken.

Bohley, Bärbel – Die Schreckschraube der sog. DDR-Opposition, an der offensichtlich wurde, wohin das alles führte. Direkt in die Arme von Helmut Kohl, und genau dahin wollten die da drüben sowieso schon immer. Als eine Art Lothar Matthäus der Engagements- und Betroffenheitsbranche ist auch sie in die weite Welt hinausgegangen und hat Tagebuch geführt, »Mein Bosnien-Tagebuch. Mit einem Geleitwort von Helmut Kohl«. »In diesem Krieg ist kriminelle Energie und Menschenverachtung die stärkste Antriebskraft gewesen«, erklärt Bohley in einer Eintragung vom Montag, den 10. Juni 1996, das Spezifische an diesem Konflikt. Am Freitag, den 14. Juni, macht sie sich Sorgen darüber, »wie gut die Serben in den Betten der vertriebenen Kroaten schlafen«. Und sie grübelt über schwerwiegende landwirtschaftliche Probleme: »Wie schwer gräbt sich diese fremde Erde um? Welche Wurzeln sind nicht vorhanden [...]?« Am Freitag, den 28. Juni 1996, macht sie dann eine Entdeckung: »Fast niemand hat ein gutes Gesicht«. Zwei Tage später: »Völkermord ist überall möglich.« Und wieder zwei Tage später: »Dabei könnten gerade junge Leute hier eine sinnvolle Aufgabe finden, vor allem, wenn sie arbeitslos sind.« Um fremde Erde umzugraben? Um nach den Wurzeln zu buddeln? Wegen des Völkermords? Wir werden es alle noch sehr bereuen, daß man für solche Leute mit solchen ranzigen Ansichten und einer Weltanschauung, die reaktionärer ist als die der CDU-Regierung, die Mauer nicht bis zum letzten Blutstropfen verteidigt hat.

Buch, Hans Christoph – Nein, da hat sich die *FAZ* keinen guten Dienst erwiesen, als sie sich vom Schrekken aller Redakteure weichklopfen und einen Artikel über »eine spätwinterliche Reise nach Mostar und Sarajevo« mit dem schwer auf Anspielung gemachten Titel »Gerechtigkeit für Bosnien« aufschwatzen ließ. Aber das kommt eben dabei heraus, wenn einem alles recht ist, solange es gegen den verhaßten Handke geht: »Wie ein geplatzter Darm hat sich das Füllhorn der Zerstörung über Bosnien entleert«, schreddert er, Meister der Kunst, auf möglichst engem Raum möglichst viele Klischees in möglichst schrägen Metaphern unterzubringen.

In welchen Darm auch immer das Füllhorn hineingelangte, um von dort aus H.C. Buchs Phantasie zu Hochflügen anzustacheln, erst wenn einem schon leicht schummrig wird von der Innereien-Prosa, kommt Buch zur Sache und rathfeldert drauflos: Peter Handke habe Karadžić verteidigt und »die Insassen serbischer Lager als Simulanten verhöhnt«, außerdem habe Handke das »Gerücht« kolportiert, »das Massaker auf dem Marktplatz der Stadt sei durch bosnischen Beschuß verursacht worden«. Die gute alte Goebbels-Propaganda ist eben immer noch die wirkungsvollste. Die Anschuldigungen sind so falsch, daß jedes Dementi der blödsinnigen Behauptung nur die Ehre des Widerspruchs erweist. Die Untersuchungsberichte der Unprofor zu lesen, aus denen hervorgeht, daß keine der drei Kriegsparteien mit Sicherheit als Verursacher des Massakers identifiziert werden konnte, das wäre von Buch dann doch zuviel verlangt gewesen.

Bei diesem stark an die Kalauer von Martin Buchholz erinnernden Zeug stimmt die Moral und die Richtung, weshalb Buch es in den meisten Blättern unterkriegt, während seriöse Journalisten schon mal mit einem Schreibverbot rechnen müssen. Das könnte H.C. Buch nicht passieren, denn ein »kritischer Parasit« (Christian Schultz-Gerstein), der sich überall dort einnistet, wo ihm seine Gesinnungsprosa als authentische Empörung abgekauft wird, ist H.C. Buch immer gewesen. Damals, als er in seinem »Gorlebener Tagebuch« den Herrschenden Saures gab, heute, wenn er als »vierköpfige Delegation des Darmstädter PEN-Zentrums, bestehend aus Ingrid Bachér, Eva Demski, Peter Schneider und mir«, den nach »kulturellen Kontakten« »hungernden« Bosniern Trost spendet.

Christen, Ilona – Meine garantierte Lieblingstalkshowmasterin Ilona Christen (RTL, früher ZDF-»Fernsehgarten«, heute »Top-Verdienerin«, damals DM »15.000« pro Sendung) verspricht in der *Bild-Woche* 3/96: »Ich werde nie wieder Werbung machen. Das war eine einmalige Angelegenheit.«

Frau Christen lebt in der Schweiz, ihr Mann heißt Ambros. Er ist Bauunternehmer und trägt eine »dunkle Halbglatze«. Einer Promenadenmischung aus Ron Williams und Tom Selleck kommt der »Bauunternehmer« durchaus nahe, das hat aber nichts zu sagen. Eheleben? Insgesamt rund und schnurrend. Da tankt sie Kraft, »die Frau hinter der toughen Talk-Lady«, da holt sie sich Power und Puste, »die Schrille mit der Brille«, die Brillen liebt wie sonst nur »ihren UFO-Landeplatz neben dem Haus«. »Zu Hause, das ist bei ihrem Mann Ambros, Bauunternehmer, 6 Jahre jünger als sie«, daheim »in der Schweiz wartet außerdem Boxerhündin Tessa«: »Spielgefährte, Kindersatz«.

»Miss Nachmittag« Ilona Christen, meine höchst verehrte und allergeschätzteste Ilona Christen, hat sich in die Brillen vernarrt und »75 insgesamt!« Bis ins Jahr 2000 bleibt sie »die Powerfrau des Nachmittags«. »Ilona Christen ist ein großer Brillenfan« und sagt, was sie denkt – »an dieser Frau reibt man sich.«

»Es wird keinen deutschen Wohnsitz geben«, sagt Ilona Christen, und nie mehr Werbung für Ariel. Sagt Ilona Christen, die Wahlschweizerin, die »Wahl-Schweizerin«.

Adorno sagte einmal, man müsse alles aufschreiben, was gesagt wird, sonst falle es dem Vergessen anheim. Nein, Adorno sagte es nicht, das habe ich mir gerade eben ausgedacht, und ich finde, es ist ein versöhnliches Schlußwort; tröstlich wie die Tatsache, daß »Ilona und ihr Ambros« seit 14 Jahren »glücklich verheiratet« sind und im Grunde »in der Schweiz« leben, von wo aus Ilona Christen jede Woche nach »Köln« fliegt und »2,5 Mio. Fans! jeden Nachmittag begeistert«.

Das wollte ich Ihnen noch mitgeteilt haben.

Christiansen, Sabine – Am 28. August 1997 moderierte Sabine Christiansen zum letzten Mal die ARD-Tagesthemen – und hatte dabei Tränen in den Augen. Seht her, schien sie ihrem Publikum zuzurufen, ich bin nicht die Kaltmamsell, für die ihr mich haltet! Ich, Sabine Christiansen, bin ein menschliches Wesen! Das ist das ärgste am TV-Personal: daß es »Mensch« eben auch noch sein will.

Ab Januar 1998 meldet sich Sabine Christiansen in dieser Disziplin zurück, mit einer Talkshow, bei der laut ARD »ein aktuelles Thema« mit »spannenden, persönlichen Geschichten« und »klaren Pro- und Contra-Positionen« verquickt wird. Wird schon sowas sein.

Bevor es aber soweit ist – wer war Sabine Christiansen? Bevor sie 1987 die Nachfolge der CDU-Rechtsauslegerin Ulrike Wolf bei den Tagesthemen antrat, war sie Lufthansa-Stewardeß gewesen, hatte beim NDR volontiert und eine Lokalsendung moderiert. Bei den Tagesthemen lernte die eher hölzerne Erscheinung ein bißchen dazu – was kaum ausbleiben kann, wenn man zehn Jahre lang den selben Job macht. Vor allem aber lernte sie, daß TV-Journalismus zu allererst Simulation ist: Gern setzte sie sich in kritische Distanz verheißende Positur, um mit unsichtbarem Schaum vor dem Munde zu suggerieren, was man so zu denken und zu fühlen habe als Zuschauerin und Zuschauer Frau Christiansens. Und da das, was sie als originär eigene Haltung abstrahlte, stets dem entsprach, was sie zuvor als Volksempfinden und Volkszorn eingesogen hatte, wurde sie Volkes Stimme und Stimmgabel zugleich, die den Leuten sowohl nach dem Munde redete wie sie instruierte und in der Spur hielt. Dafür wurde sie mit dem Adolf-Grimme-Preis ausgezeichnet, einer Ehrung, die bekommt, wer lange genug dabei bleibt.

»Anchorwoman« nennt sie die Nachrichtenagentur AP frei nach John Lennon: »Woman is the anchorwoman of the world«. Durch die Welt reiste Christiansen gerne. 1991 dreht sie unter dem Titel: »Bericht: Sabine Christiansen« sechs Reportagen, bei denen sie sich, betont dezent geschminkt und an Lady Di gemahnen wollend, zwischen pittoresk aussehenden Vertretern ausländischer Armut filmen ließ. Dies brachte ihr den Ruf einer sozial engagierten Frau und einen zweiten Ehemann ein: 1994 heiratete Christiansen den Produzenten ihrer Reisefilme, einen Berliner mit dem Namen Theo Baltz.

Versöhnlich stimmt immerhin die Tatsache, daß Sabine Christiansen im ARD-internen Wettbewerb um die Sonntagabend-Talkshow den Konkurrenten Hellmuth Karasek ausstach. Denn wer von den beiden noch unangenehmer ist, die käseeckige Christiansen oder der quaddelige Karasek, das ist noch unerforscht.

Cohn-Bendit, Daniel – Einige Milliarden Jahre brauchte die Evolution, dann war der Cohn-Bendit fertig: ein menschliches Wesen, bei dem Denk- und Sprechakt radikal voneinander getrennt sind, ja ein Denken praktisch überhaupt nicht vorhanden ist, das aber dennoch nicht stumm bleibt – im Gegenteil.

Nie war der Cohn-Bendit wirklich bei Groschen, selbst in seinen besten Zeiten, als vorgeblicher Anführer des Pariser Maiaufstandes 1968, redete er wirr: »Ich bin ein anarchistischer Marxist«, plapperte er in die ersten hingehaltenen Mikrophone, »eine Kombination von Begriffen«, wie der wirkliche Anarchist Augustin Souchy meinte, »die ebenso widerspruchsvoll ist wie die eines atheistischen Christen.« Begriffe aber interessieren den Cohn-Bendit nicht; fürs Begreifen scheint ihm das Leben zu kurz, er muß quasseln.

Über was, ist egal, Hauptsache, die Futterluke bleibt in Bewegung: Es gibt nichts, wovon dieser Sabbelphilipp in seinem Leben noch nicht überzeugt war, nichts, was er noch nicht vertreten hat. Sind für ihn 1978 die Parlamente »Akklamationsinstitute für eine Politik, die andere woanders entscheiden«, will er 1992 »in der demokratisch verfaßten Gesellschaft« nichtsdestotrotz versuchen, »bestimmte Ideen parlamentarisch durchzusetzen.« Versteht es sich 1980 »von selbst«, daß er dafür eintritt, »daß kein Haus höher als ein ausgewachsener Baum sein darf«, erklärt er 1989 dem *Spiegel*: Gegen Hochhäuser »hatten wir nie« etwas. Meint er 1989, daß die Argumentation, ein Land könne keine Flüchtlinge mehr aufnehmen, »immer fatal« sei, plädiert er zwei Jahre später für eine Einwanderungsquote, deren Höhe die Arbeitsämter festlegen sollen.

Wer aber auf Grund der Chronologie glaubt, hier habe jemand seine Ideale verraten oder sei durch Erfahrung lebensklug geworden, liegt falsch: Der Cohn-Bendit war und ist bloß ein dickes, rothaariges Knuffelkind, aus dem das herausspricht, was es irgendwo aufgeschnappt hat und von dem es glaubt, daß es gefällt: den Genossen, den Freunden, den Weibern, den Zeitungen oder dem Bundeskanzler. An dem aber, was er sagt, liegt dem Cohn-Bendit rein gar nichts; ihm geht es nur ums Lautgeben. Und wenn irgendwann einmal wieder das Gegenteil von all dem gefragt sein sollte, was er heute erklärt, wird er auch das wieder mit Eifer und den Armen rudernd vertreten.

Der Cohn-Bendit aber ist auch ein Wunder. Obwohl er rein gar nichts kann, macht er alles. Er kann nicht schreiben (O-Schrift: »Der Wein in den Weinstuben füllt zwar die Seelen der einsamen Herzen, jedoch leider nicht die Köpfe der sprachlosen Münder«), und doch steht sein Name auf dem Titel von mindestens fünf Büchern. Obwohl er den Zusammenhang zwischen zwei aufeinander folgenden Sätzen nicht versteht, moderiert er eine Fernsehsendung, die sich mit Literatur beschäftigt. Er galt als engagierter Dezernent für Multikulturelles in Frankfurt, obwohl Mitglieder der dortigen Ausländervertretung seinen Rücktritt forderten, da er sein Amt nur als Plattform für »Selbstdarstellung, Profilierung und Medienpräsenz« nutzte. Und er gibt den versierten Abgeordneten im Europaparlament, obwohl er selbst nach einigen Jahren noch nicht einmal die Namen seiner grünen Mitparlamentarier kennt (den Abgeordneten Gräfe zu Baringdorf – kein Adel! – nannte er in der *Frankfurter Rundschau* »Graf zu Baringhausen«).

Jeden Job, jeden Posten, jede Mark zum Leben hat sich der Cohn-Bendit erquasselt (auch die Bücher und die meisten seiner Artikel hat er entweder aufs Band gesprochen oder sich von Co-Autoren ins reine schreiben lassen). Er hat sich selbst und andere besoffen geredet, er hat gequakt und palavert, zwischendurch auch ein wenig zum Krieg gehetzt, dann wieder gezetert und ramentert, Stellung bezogen und widerrufen, geblubbert und geschäumt, erklärt und gemeint. Nicht ein Wort hat er von dem gehalten, was er je versprach, und niemals stimmte auch nur irgendeine von seinen Analysen. Ob er erklärte, daß für ihn persönlich »der Prozeß des Zusammenlebens« in Wohngemeinschaften nicht mehr rückgängig zu machen sei, oder vorhersagte, daß »Hoechst, die Deutsche Bank und die Dresdner Bank« mit ihrem Geld den Abstieg von Eintracht Frankfurt verhindern würden, ob er der polnischen katholischen Kirche eine Befreiungstheologie nach lateinamerikanischem Vorbild unterstellte oder die revolutionäre Umgestaltung Deutschlands in absehbarer Zeit verkündete (»Ich bin vollkommen davon überzeugt, daß es eine radikale Veränderung der Gesellschaft vor dem Jahr 2000 geben wird«), am Ende erwies sich alles als falsch.

Eine einzige Lebenssekunde lang durchzuckte das Bewußtsein des Cohn-Bendit einmal ein echter Gedanke: »Ich treffe immer auf Leute, die irgend etwas sind. Ich bin immer nichts.« Und selbst damit hatte er unrecht. Denn natürlich ist der Cohn-Bendit etwas: nämlich der Prototyp des postmodernen »Querdenkers«, der erste einer ganzen Spezies, die erstmals in der Geschichte der Menschheit ihren Lebensunterhalt nur mit erinnerungs-, bewußt- und folgenlosem Gequatsche bestreitet und an deren Herstellung die Evolution Milliarden von Jahren gearbeitet hat. Damit ist der Cohn-Bendit Hoffnung, Versprechen und Vorbild für alle, die nichts wissen und können, die weder denken wollen noch sich anstrengen mögen, die sich aber, wie Cohn-Bendit, »nach einem Leben sehnen, in dem der einzige Profit ist, das Leben zu genießen.« Dieses Ziel hat der große Quasselkopp für sich erreicht. Der auch bloß mit einem Quentchen Verstand geschlagene Rest kann da nur tüchtig neidisch sein.

Csikszentmihaly, Mihaly – Wenn einer Mihaly Csikszentmihaly heißt, so prädestiniert ihn der schwierig auszusprechende und noch schwieriger zu buchstabierende Name nicht eben zum Bestsellerautor. Und wenn er dann noch ein Buch schreibt, das »Dem Sinn des Lebens eine Zukunft geben« heißt, das aber auch »Dem Leben einen Sinn in der Zukunft« respektive »Der Zukunft einen Sinn im Leben geben« oder auch noch ganz anders heißen könnte, dann müßten doch eigentlich alle Buchhändler verzweifeln, die dieses Werk nach den nahezu zwangsläufig unvollständig-rätselhaften Angaben ihrer Kundschaft – »Ich hätte gern dieses Buch von diesem Autor mit dem fremdländischen Namen über Sinn oder Leben oder so« –, die dieses Buch also nach derartigen bibliographischen Detailschilderungen bestellen müssen. Besser daher, man legt Mihaly Csikszentmihalys »Dem Sinn des Lebens eine Zukunft geben« direkt neben die Ladenkasse, und des Autors zwischen Buchdeckeln gepreßte »These, daß eine aktive, bewußte Teilnahme am Evolutionsprozeß die beste Methode ist, um dem eigenen Leben einen Sinn zu geben«, geht weg wie warme Semmeln. Denn schließlich sind wir alle nur ein kleines Glied in einer langen Nahrungskette.

Däniken, Erich von – Ich also würde mir den Anfang seiner persönlichen Erfolgsgeschichte, der unendlichen, ungefähr so vorstellen: Er sitzt da in einer wunderschönen warmen sternklaren mexikanischen Nacht auf der Terrasse eines entzückenden kleinen Restaurants auf der Hochebene von Tabasco, trinkt einen gut gekühlten Tequila oder auch zwei oder drei oder vier bis acht, und mit einem Mal, ganz tief in seinem inneren Sternennebel, nimmt in ihm die Frage mehr und mehr Gestalt an, ob es denn eigentlich nicht möglich sein könnte, mit irgendeinem Blödsinn einen Bestseller zu landen und schwer Knete zu verdienen. Gedacht, getan.

Denk, Friedrich – Wenn es ein Argument für die Rechtschreibreform gibt, dann heißt es Friedrich Denk, denn solche religiös angehauchten Fanatiker und Apostel egal welcher Gerechtigkeit, solche beflissenen Kleinkrämer, für die Martin Walser und Gertrud Fussenegger der höchste Literaturgenuß sind, solche umtriebigen Erschleicher von Unterschriften Prominenter, die sich ohne Einverständnis unter Denks selbstgebastelter Erklärung gegen die Rechtschreibreform fanden, kurz: solche mit sinnlosem Engagement bis oben vollgepumpten Möchtegern-VIPs sollten nicht durch ein Erfolgserlebnis ermutigt werden, anderen mit ihrer unerträglichen Penetranz und Präsenz weiter auf die Nerven zu gehen.

Diederichsen, Diedrich – So einiges hat man von ihm schon lesen müssen. Zum Beispiel: »Durch das dramatische Anwachsen von Erlebnissen mit mehrfach gehörter identischer, gespeicherter Musik und das ebenso dramatische Anwachsen der Verbreitung von

Musik schlechthin steigt sowohl die Anzahl an kognitiven Entscheidungen zwischen bekannt und unbekannt, die wir vollziehen, als auch die (zumindest subjektive) Bestimmbarkeit von Graden der Bekanntheit – einhergehend mit dem Identifizieren der Aufnahme, der Komposition, des Sounds und der Klangfarbe, des Motivs, der Gattung, der Funktion, der Herkunftsregion, des Milieus.« Oder: »Der Bezugspunkt von ABC war ein komplett metaphysisch im Hier und Jetzt präsenter Körper, und dies markierte ein völlig neues Verhältnis zum Zitat, das seine Existenz immer der Abwesenheit eben jener Bezugspunkte verdankt, auf die es sich bezieht.«

Gäbe es eine Logikpolizei, die Welt wäre leichter zu ertragen. Solch schlimme Anwandlungen hat die Lektüre egal welchen Diederichsenschen »Textes« leider allzeit zur Folge: Ob sich der Postpunkfoucaultist nun, wie oben, über »Elemente einer Zeichentheorie der Popmusik« hermacht und infolgedessen zum ohnehin dauernd recht konfusen, opaken und undurchdringlichen Viertelgedanken noch den »metaphysischen Authentizismus«, den »Präsenzismus« und den – erbarme – »popistischen Sekundarismus« hinzuerfindet (näheres vgl. den vollständigen, ziemlich unsterblichen Aufsatz »Hören, Wiederhören, Zitieren« in *Spex* 1/97); ob das Klatschweib der »Poplinken« nur vom Hörensagen bekannte Quartalstheorien zu unverdaulichen Referat-Klumpen verwalkt, zu Belehrungen über »Mikropolitik«, »Virtuellen Maoismus«, freilich »Dekonstruktivismus« und »Definitionsmacht« und allerhand frei kombinierte und frei flottierende Pseudopolitvokabeln mehr; ob er über Kids, who »are not alright«, über »Nation«, »Differenz« und »Identität« referiert, ob er die Wohlfahrtsausschüsse und ihre »Kampagnenpolitik« zu Tode quarkt oder über »Dissidenz« und zuletzt »Political Correctness« zu Gericht sitzt – niemand versteht ihn, immerzu versteht man nichts. Ob wir begriffsstutzig sind?

Nun ist nicht neu, daß Journalisten mit der Sprache auf Kriegs- und Plattfuß stehen. Neu ist, daß Diederichsen einen Typus verkörpert, der noch jede Grenze zum Geseich hinter sich läßt. Je mehr wahnwitzige Sätze, desto beliebter bei den Poptrotteln dieser Republik: Sein treues Publikum dankt ihm »die grobe Sprechrichtung« und meldet, Onkel Diedmayer habe sich »nun einen freien, in alle Richtungen weisenden Frei-Jazz-Sprechstil zugelegt« (*junge Welt*).

Na, da sind wir aber froh. Runden wir unseren kleinen Aufsatz mit einer Sentenz ab, die unter Diederichsens 200.000 unverständlichen Expressionen nach neuesten Berechnungen Weltranglistenposition 12.354 einnimmt: »Wer ohne primäre Not Identität verlangt, stiftet oder verehrt, ist ein Faschist.«

Ditfurth, Jutta – Gefürchtet sind die lauthalsen Live-Auftritte der Frankfurter Politikerin. Ob sie beim desolaten *konkret*-Kongreß in Hamburg pöbelte, Adorno sei ein Spießer gewesen, der Häkeldeckchen gemocht habe, weshalb man ihn getrost ignorieren könne; ob sie an selber Stelle so lange herumkrakeelte, bis Christoph Türcke ein von Jutta Ditfurth als »rassistisch« empfundenes Referat abbrechen mußte, oder ob sie beim nicht minder trostlosen Benno-Ohnesorg-Kongreß in Berlin den von ihr zum »Esoterik-Faschisten« erklärten Ex-Kommunarden Rainer Langhans vom Podium herunterschrie – wo immer sie auftritt, ist die Verletzung von Sprache und Geist ihr Begleiter.

Entgleisungen in der freien Wildbahn mögen unter den jeweils gegebenen Umständen verzeihlich sein – die rabiate Walküre Ditfurth aber erhebt in der Schriftform dieselbe Mischung aus Ahnungslosigkeit, Gläubischsein und Randale zum Prinzip wie auf den Podien des Landes. Nachlesen kann man das in dem von ihr herausgegebenen Frankfurter Sektenblatt *ÖkolinX*, wo sie z.B. im Sommer 1997 gedankenfrei, aber verschwörerisch klingend die »Zyno-Szene« ersann, die ein paar Zeilen weiter allerdings schon »Berliner Zynoszene« hieß. Was, fragte man sich, soll das sein, und wenn ja, wie schreibt man's?

Ob Jutta Ditfurth Agit-Prop-Bücher mit pathetischen Titeln wie »Feuer in die Herzen« schreibt oder ob sie sich aufs Terrain der Belletristik begibt – immer ist sie jenem dumpfen Inhaltismus verpflichtet, bei dem die Sprache nur stört, allenfalls als Transmissionsriemen für das behauptete Zeug geduldet ist und entsprechend mißhandelt wird. 1995 erschien ihr Roman »Blavatzkys Kinder«, den der Bastei-Lübbe-Verlag als »Thriller« fehletikettierte – das Buch ist ein Traktat. Verhackstückt werden Esoterik, Bio-Ethik, Organraub, Menschenschmuggel, schlaffe 68er und alles beliebige andere, das Jutta Ditfurth schon immer mal anprangern wollte. Als da z.B. wäre:

»Scheiße. Verfluchte Schuppenflechte. Schon wieder der bulgarische Geheimdienst.« – Es hätte auch der albanische sein können. Aber wieso Schuppenflechte?

»Die Werbung sortierte sie gleich in den Altpapiercontainer.« – Brav ist der grüne Mensch, sonst kommt die Blockwartin.

»In ihrer Wohnung lauerte der Anrufbeantworter.« – Fiese Dinger sind diese Maschinen: Wie die wilden Tiere lauern sie.

Des weiteren werden auch noch Goethe, Mozart, Sinatra, Hitler und sogar – huch! – Richard Clayderman von Jutta Ditfurth als Stinkemänner enttarnt. Investigation, hier ist sie schon!

Noch trüber sogar wird es, wenn die Romanautorin ins Schwärmen gerät – dann lobt sie direkt sich selbst und ihre Anhänger. Die reden dann im öko-linxen Stil, also so, als wären sie von Hedwig Courths-Mahler oder aus dem Landser-Roman: »Verflucht« und »verdammt« kläffen Ditfurths tapfere Antifa-Truppen immerzu und ziehen »mit letzter Kraft« das Messer oder auch nur ein Laken vom Bett. Wenn sie im Kampf gegen die – natürlich – »Schweine« schwer verwundet werden, sagen Ditfurths Helden Sätze wie »Ich denke an euch, Koma oder nicht« oder »Verabschiede mich ins Koma...« – Laßt mich hier liegen, es ist nur ein Kratzer, heißt dieselbe Kriegergrütze bei Konsalik.

In einem Interview zu »Blavatzkys Kinder« behauptete Jutta Ditfurth, sie habe das Buch »aus schierem Vergnügen heraus« geschrieben. »Ich wollte einfach mal was Erzählerisches machen – mal was anderes als immer in politische Debatten eingreifen. Ich wollte mit der Sprache spielen, zeichnen – ich male ja auch gern. Einfach erzählen können, ohne mich disziplinieren zu müssen. Ein Buch ganz ohne Fußnoten.« – So stellen sich Leute das Erzählen vor, die nicht einmal in der Lage sind, sich die Fußnoten zu schneiden.

»Ich habe keine Schreibhemmungen, nie Angst vorm weißen Blatt«, teilte Jutta Ditfurth im selben Interview noch dummstolz mit – genau diesem entsetzlichen Mangel verdankt die Welt ihr Wirken. Jahrelang haben viele wohlmeinende Menschen Frau Ditfurth zugute gehalten, sie wolle die Schrecken der Welt abschaffen oder immerhin mindern. Längst aber ist erwiesen, daß Jutta Ditfurth mit ihren Werken dieser Welt nur permanent weitere Schrecken hinzufügt.

Dönhoff, Marion – Bewundernswert war schon immer die forsche Ahnungslosigkeit, mit der Marion Dönhoff sich z.B. an einen Tisch mit jungen Punkern setzte, um zu ergründen, was es mit diesen fremden Wesen eigentlich auf sich habe. Sie scheute sich nicht, das Dokument ihres Unverständnisses zum Abdruck zu bringen, wie ihr auch nicht davor graute, von Alice Schwarzer biographiert zu werden. Mit der gleichen Haltung (»Was ist hier eigentlich los?«) kommentierte sie das Buch von Goldhagen. Antisemitismus? So schlimm war das mit dem Antisemitismus auch wieder nicht, schließlich hat es einen Widerstand gegeben, den Frau Dönhoff in der *Zeit* genau bezifferte: »21 Generale, 33 Obersten, 2 Botschafter, 7 Diplomaten« etc. wurden hingerichtet, als ob das ein Beweis für die lautere Gesinnung dieser Leute gewesen sei. Bis auf wenige Ausnahmen aber bestand der 20. Juli aus ehemaligen Nazis, die an Hitler außer Stalingrad nichts auszusetzen hatten, schon gar nicht seinen Antisemitismus, den sie vielmehr teilten, und die sich hauptsächlich mit dem Problem herumschlugen, ob sie nicht Hochverrat und Eidbruch begängen, wenn sie Hitler die Gefolgschaft aufkündigen würden. Der Antisemitismus dieser Clique bestand z.B. in der weitverbreiteten Ansicht, daß die Juden selbst an ihrem Schicksal schuld seien, weil sie die Antisemiten provoziert hätten (in der Regel durch nichts als ihre bloße Anwesenheit), was man vom deutschen Widerstand übri gens nicht behaupten kann, der sich bis auf wenige Ausnahmen bemühte, den Antisemiten nicht zu nahe zu treten. Für die bringt Frau Dönhoff auch heute noch Verständnis auf, wenn sie »die Befürchtung« äußert, Goldhagens Buch könnte »den mehr oder weniger verstummten Antisemitismus wieder neu beleben«. Das ist nicht schön: Zuerst den Antisemitismus herunterspielen – und dann einen Kotau vor ihm machen und den Juden raten, gefälligst die Klappe zu halten.

Drewermann, Eugen – »Würde man ein 14jähriges Mädchen fragen«, behauptete Eugen Drewermann unlängst, »würde man ein 14jähriges Mädchen fragen, was Jesus ist...« – Was? Nicht *wer*? Also, noch mal: »Würde man ein 14jähriges Mädchen fragen, was Jesus ist...« – würde sie einen für bescheuert halten? »Würde man ein 14jähriges Mädchen fragen, was Jesus ist, und es würde antworten: ›Für mich ist Jesus der Freund, er ist der Gesang der Amsel im Ginsterstrauch, oder er ist der Widerschein des Mondlichts auf einer ziehenden Wolke der Nacht...‹« – so würde meinereiner es für fast genauso bekloppt halten wie den Eugen Drewermann. »... so würde es in seiner mystischen Sprache sagen, daß Jesus alle Liebe, alle Schönheit und alle Hoffnung ist – und was ist Gott, wenn nicht dies?« Vielleicht der Glanz des Regentropfens auf dem Zahnfleisch von David Hasselhoff? Gut für Eugen Drewermann jedenfalls, daß *ich* es nicht bin, sonst hätte ich dem Spuk nämlich längst schon mittels Donner, Blitz, Schwefel und Sintflut ein Ende bereitet. Amen.

Dyba, Johannes – 18 bis 20 Prozent der katholischen Priester sind schwul. Das schätzt zumindest der Augsburger Pastoraltheologe Hanspeter Heinz unter Hinweis auf eine amerikanische Studie. Doch getreu der katholischsten aller Doktrine, daß nämlich nicht sein kann, was nicht sein darf, halten die christlichen Fundamentalisten wacker dagegen: alles Quatsch. Der Mensch ist schließlich ein Abbild Gottes und höchstens zu zwei Prozent schwul, so Anton Rauscher, Professor für christliche Gesellschaftslehre ebenfalls in Augsburg. Gott zu zwei Prozent schwul? Klingt so, als brauche hier jemand dringend eine kräftige Abreibung durch die päpstliche Inquisition.

Im übrigen, so Rauscher unbekümmert weiter, respektiere die Kirche selbstverständlich die Würde der Zweiprozentigen; wie sie ja auch beispielsweise Verbrechern ihre Würde nicht entziehe – gleichwohl dies, wie man sogleich versucht ist, dem Professor zuzuraunen, bei dem ein oder anderen Halunken aus den eigenen Reihen sicher angebracht wäre. Jagte man diese dann auch noch mit ebenso gründlicher Begeisterung aus dem Lehr- bzw. Priesteramt, wie man Homosexuelle ein solches erst gar nicht antreten läßt, bliebe uns womöglich so manches Übel erspart. Inklusive jener einzig auf »Erfahrung« (Rauscher) beruhenden Erkenntnis, wonach »im Lebensbereich Homosexueller verstärkte Kriminalität festzustellen ist«, sowie der daraus resultierenden Schlußfolgerung: »Wegen der Gefahren, die von ihnen ausgehen können, ist die Kirche gut beraten, wenn sie homosexuell Veranlagte nicht zum Priestertum zuläßt.«

Verschont bliebe man dann wohl auch von jenen Unappetitlichkeiten, die in diesem Zusammenhang der Fuldaer Erzbischof Johannes Dyba äußerte. Und zwar in seiner Kolumne »Das Wort des Bischofs« im Fuldaer Bistumsblatt *Der Bonifatiusbote* – ein Titel immerhin, der fast wie der eines Schwulenmagazins klingt. »Erstens«, so zählte dort Dyba erstens auf, werde vom katholischen Priester im Zölibat der Verzicht auf Ehe und Familie verlangt. Dies jedoch sei ein Opfer, das vom homosexuellen Menschen gar nicht erbracht werden könne. Wer aber, so Dyba »zweitens«, dennoch behaupte, Homosexuelle könnten im Zölibat leben, der vergesse, »was uns die Erfahrung lehrt. Wenn nämlich heterosexuelle Priester am Zölibat scheitern, dann landen sie beim Standesamt. Wenn aber homosexuelle Priester daran scheitern, landen sie wegen des dann oft verletzten Jugendschutzes meist beim Staatsanwalt.« Abgesehen davon, daß man, um diese bischöfliche Logik nachvollziehen zu können, nicht nur über eine reichlich schmutzige Phantasie verfügen, sondern bereits als Kind katholisch mißbraucht worden sein muß, kann man leider nur wieder einmal dies konstatieren: Wer nämlich wie Dyba (und vordem bereits Rauscher) seine Argumentation in sexuellen Fragen hauptsächlich auf »Erfahrungen« stützt, sollte – zumindest unserer Erfahrung nach – tunlichst über ein paar mehr Erfahrungen verfügen als über die eines katholischen Klerikers, dem ja, wenn überhaupt, nur die eigenen Glocken zum Bimmeln zu bringen erlaubt ist.

Aber lesen wir noch schnell, wie Dyba in seinem Zentralorgan (was nichts anatomisches, sondern nur sein Bistumsblättchen meint) »schließlich und drittens« die Frage beantwortete, wie 'rum ein Pfaff zu ticken hat: »Bei uns werden nur solche Männer zum Priester geweiht, die auch das Zeug zu gesunden und guten Familienvätern hätten«, schreibt der offenbar mit ausschließlich kranken Wassern geweihte Herr Dyba, deutet aber damit an, daß Pfaffen immerhin potentielle Familienväter sind. Noch so ein Fall für die Zangen und Zargen der heiligen Inquisition, oder?

Nur eins bedarf sicher noch einer zusätzlichen Erklärung: Was meinte Dyba eigentlich mit jenem »Zeug«, das ein gesunder und guter Familienvater seiner Ansicht nach haben sollte. Ist damit vielleicht der übrigens auch für eine schlechte Vaterschaft unabdingbare weibliche Gegenpart gemeint? Oder gar die für jede Vaterschaft biologisch notwendige Auferstehung des Fleisches, um die Erektionsfähigkeit einmal mehr christlich zu umschreiben? Und hat dieses ominöse »Zeug« womöglich etwas mit den doch bestimmt gelegentlich auftretenden Sportsflecken auf Dybas Soutane zu tun? Fragen über Fragen, in deren Angesicht wir uns schon jetzt auf eine möglichst detaillierte, aber hoffentlich den sittlichen Schutz der Bevölkerung beachtende Erläuterung durch den erzbischöflichen Zeugwart zu Fulda freuen.

Eggert, Heinz – Im Nebel einer Alternativkneipe in Dresden-Neustadt versicherte mir neulich ein junger Mann, von Heinz Eggert touchiert worden zu sein. Er sagte tatsächlich »touchiert«! Aber es half nichts – keiner kümmerte sich um ihn. Denn in Dresden gibt es inzwischen nicht wenige junge Männer, die vorgeben, von Eggert touchiert worden zu sein; wenn sie nicht im Knast sitzen, wie Eggerts »Lieblingspolizist«. Wahrscheinlich gibt es inzwischen mehr Eggert-Körperkontaktler als jungmännische Mitglieder in der Dresdener CDU. Ich will den Herren ihre Begegnungen der dritten Art gar nicht ausreden. Ich weiß aus Erfahrung, wie schnell Eggert handgreiflich wird. Nach einer Talkshow, in der er wie immer gebrüllt und gepöbelt hatte, haute er mir auf die Schulter und versicherte, daß er nun mal nicht anders könne, als zum Vieh zu werden, wenn er einen Roten sehe. Tja, der Trieb!

Neuerdings beeilen sich Zeitungen zu behaupten, Eggerts Popularität sei durch seinen unbewiesenen Hang, dem Gegenüber nach dem Schritt zu tasten, bedeutend gestiegen. Vor allem in Zittau. Eggerts Wahlkreis muß immer herhalten. Die Leute leben dort nach der alten Regel, daß man einen Irren nicht reizen darf. Der Heinz hieß lange vor der glücklichen Wende in dieser Gegend der »Psycho-Eggert«. Und einen besseren Beweis, daß man ganz dem HerrGOTT vertraute, gab es wahrlich nicht, als seine Buben zum Eggert zu schicken...

Vielleicht aber ist der überwältigende Wille, den Ex-Minister wieder in hervorragenden politischen Positionen zu sehen, einfach nur Bauernschläue: Besser, er wütet in Dresden oder Bonn als bei ihnen daheim. Vor allem Mütter, die ihre Söhne lieben, sind naturgemäß dafür.

In der »Stasi-Debatte« hat der Heinz kräftig mitgemischt: unvergessen, wie er eine dringend notwendig gewordene mentale Grundsanierung, um die er die Mediziner gebeten hatte, als Stasi-Psychofolter darzustellen wußte! In der Päderasten-Debatte, die Deutschland seit Monaten gefangenhält, schweigt er indes. Aber er handelte. Vorigen Sommer versuchte er in Mecklenburg-Vorpommern zu jungen Männern ins Zelt zu kriechen. Angeblich, weil es regnete bzw. ihn der *stern* gebeten hatte, diese feucht-muffige Zelterfahrung stellvertretend für die deutsche Öffentlichkeit zu machen. Völlig unbewiesenen Behauptungen zufolge soll das Magazin den Campingtouristen Geld gegeben haben, damit sie die sprudelnde und zuckende Nähe Eggerts mannhaft ertragen.

Inzwischen ist es nicht nur die Stimme seines Blutes, sind es noch allerhand andere Stimmen, die Eggert rufen. Mehrmals täglich. Das hätten wir gar nicht erfahren, wenn es Eggert nicht überall erzählen würde: »Seit einem Vierteljahr werde ich von verschiedenen Stellen und unterschiedlichsten Leuten immer wieder gefragt, ob ich nicht kandidieren möchte.« Das ist Eggert-Sound: Leute, die ihn fragen, sind eben nicht einfach verschieden, wie Leute nun mal so sind, sondern verschiedenst. Immer auf die Kacke hauen! Zu welcher Kandidatur sie ihn drängen, ist dabei ziemlich egal. Es gibt in der deutschen Demokratie wahrlich viele Möglichkeiten, einen Psychopathen sinnvoll zu verwenden. Als »Nachfolger Biedenkopfs« ist Eggert genauso gut (und den sächsischen Wählern wahrlich zu gönnen) wie als Leipziger Oberbürgermeister. Ein gewisser Herr Vaatz, Streiter für christlich-abendländische Werte in Sachsen, hat Eggert – einen aus dem Osten! – für den Job des Bundespräsidenten ins Spiel gebracht und en passant Weizsäcker verbal geohrfeigt. Der Eggert hat so viel durchgemacht – warum nicht auch das noch?!

Aber auch die Heldenstadt wäre keine schlechte Absteige für ihn. Der Leipziger *Kreuzer*, das bestimmt beste Stadtmagazin im Osten, zitiert Heinz mit der koketten Drohung an die Leipziger Szene: »Mich reizen keine Ämter, sondern...« Obwohl er beteuert: »Ich habe überhaupt keinen Druck.«

Keinen Druck mehr? Also Therapie geglückt? Der Patient behauptet jedenfalls tapfer, seit seinem Abschied aus dem Amt »ein ganz anderer geworden« zu sein (das Schutzargument aller, die nicht ins Loch wollen). Vorübergehend versucht er sich als Talkmaster, wobei er sich vertraglich ausbedungen haben soll, daß Themen wie »Mein Mann hat einen Hausfreund« ausgeklammert und ganz für »Vera am Mittag« reserviert werden. Allerdings hat er Leipzig bereits seine Liebe versichert (»alles andere als eine 08/15-Stadt« – d.h. Wurzen und Grimmen bleiben von Eggert verschont). Wo die Liebe hinfällt... »Leipzig kommt«, und Eggert kommt ganz, ganz dolle.

Mit dir, Heinz, ist es immer geil. Merci, daß es dich gibt!

Ehrhardt, Ute – »Gute Mädchen kommen in den Himmel, böse überall hin«, sogar auf den Dauerplatz eins der *Spiegel*-Bestseller-Liste. Und das Strickmuster dieses Erfolgs geht so: Man behauptet irgend etwas vor sich hin, was auch andere schon hunderte Male dahergeplappert haben, und irgendwie wird's unwahrscheinlich plausibel. Zum Beispiel, daß, wenn ein Mädchen »Ich will« sage, es von klein auf eins auf die

Finger bekäme. Anders hingegen Jungen. Denen passiere zwar dasselbe, aber mit einem inneren zustimmenden Lächeln der Erwachsenen. Und so ist es kein Wunder, daß Männer soviel durchsetzungsfähiger werden als Frauen. Ute Ehrhardt persönlich war zwar schon von klein auf die Ausnahme in dieser vulgärpsychologischen Kausalkette, wie sie in einem Interview zum besten gab – aber was heißt das schon angesichts der erdrückenden Last der selbstzusammengeschusterten Verallgemeinerungen? »Meine Mutter und mein Vater haben mich sehr darin bestärkt, meinen eigenen Weg zu gehen. Mein Vater hat mich auch dazu angehalten, körperlich etwas zu wagen, also auch einmal von einer hohen Mauer herunterzuspringen, obwohl ich Angst davor hatte. [...] Ich hatte auch einen Lehrer, der diejenigen Mädchen, die er besonders schätzte, ›wilde Monika‹, ›wilde Gisela‹ [...] nannte. Weniger Hochachtung bei ihm genossen die ›milden Mädchen‹. Das sind prägende Erlebnisse, die mir gezeigt haben, daß man mit dem Böse-Sein seinen Weg machen kann.« Was wohl aus den armen milden Mädchen aus Klein-Utes Klasse geworden ist? Die treuen Leserinnen von Ute Ehrhardt – wetten?

Engelen-Kefer, Ursula – Eine Art weiblicher Helmut Markwort: »Fakt ist, Schwarzarbeit und illegale Beschäftigung müssen intensiver bekämpft werden«, vertraute die stellvertretende Vorsitzende des DGB der *Woche* an, in der die Forderung nach Knast für Schwarzarbeiter ernsthaft in Erwägung gezogen wird, um »die abschreckende Wirkung [zu] erhöhen«. Kann natürlich sein, daß man sich als besonderer Saubermann aufspielen muß, wenn man selber schon mit beiden Händen im Mustopf erwischt wurde, aber wozu braucht man bei einer solchen Gewerkschaft eigentlich noch einen Schäuble? Die müßten sich doch blendend verstehen.

Engholm, Björn – Erledigt schien der Fall nach Engholms Rücktritt von allen politischen Ämtern. Schon im September '94 aber war zu lesen, daß Engholm den Kernkaftwerksbetreiber Preussen Elektra berate; für 100.000 Mark per anno durfte er unter anderem austarieren, ob eine solche Tätigkeit zu einem Statement paßte, das er als Kieler Ministerpräsident der Jahre 88-93 mehrfach losgelassen hatte: »Das Ziel bleibt, spätestens bis zum Ende der nächsten Legislaturperiode den Betrieb der Atomkraftwerke beendet zu haben.«

Und siehe da: Alles paßte, nämlich wie der sprichwörtliche Arsch auf die Atommülltonne. »Ich verkaufe meine Kompetenz für eine absolut saubere Geschichte und ändere nichts an meinen Grundüberzeugungen«, klamüserte es Engholm im November '94 sich und der *Tango*-Redakteurin Christine Dankbar (!) auseinander – und drohte gleich die nächsten Schweinereien an: »Ich arbeite in einigen sozialen Projekten mit, eröffne Ausstellungen, schreibe Kunstkatalogtexte und Artikel.«

Was es nun damit auf sich habe, verriet die *Zeit* am 22.3.1996 mit einem Text, dessen Melange aus hohem Ton und tiefster Havarie zum Schönsten zählt, was unser Studienratsorgan in letzter Zeit hervorgezwirbelt hat: »Wer wie Engholm nach dreißig Jahren arbeitsreicher Politikkarriere sehr hoch gestiegen war, mußte politisch einen besonders gründlichen Tod sterben, um sich aus der Einäscherung wieder erheben zu können. Der Aufsteiger, der über den zweiten Bildungsweg kam, erfuhr hier seinen dritten. Eine Chance zur Selbstverwirklichung, die sich anhört wie von Angelus Silesius auf den Begriff gebracht:

›Mensch, werde wesentlich, das Wesen, das besteht‹, und daß Engholm schon zu politischen Lebzeiten eben hierauf bestanden hatte, war seine Achillesferse. Die kann er nun, verdientermaßen versorgt« – u.a. mit 40.000 DM von der *Titanic* –, »als Humanum ungestörter leben. [...] In einem im In- und Ausland gehaltenen Vortrag zu ›Ökonomie und Ästhetik‹ formuliert er es so: ›Nichts und niemand öffnet den Weg zur Wahrnehmungserweiterung so sehr wie die Künste. Kunst und Kultur sind geradezu exemplarische Übungsfelder in Pluralität, Phantasie und Kreativität‹.«

»Scheiße, Scheiße, dreimal Scheiße« (Eckhard Henscheid).

»Indem er dem realitätsentfremdeten ›Raumschiff Bonn‹ (dem Beiboot Kiel) entkommen ist, hat er die Zeit gewonnen, nicht mehr tun zu müssen, was der Sachzwang des Funktionierens im Amt erheischt.« Wobei man sich ja gern daran erinnert, wie Engholm diesen Raumschiffen und Beibooten entkam: mit beiden Händen an der Reling, schreiend, strampelnd und beim Satan nicht bereit, seinen Überbordwurf hinzunehmen; alle verfügbaren Matrosen, Maats und Köche mußten ihm auf beide Hände trampeln und jeden Finger einzeln lösen. Indes:

»Indes, Engholm ist ein ausgewiesener Zukunftsdenker mit Händen für das Machbare. In seiner privaten Denkfabrik, gemeinschaftlich betrieben mit Frau Barbara, der Malerin, und einer Handvoll Freunde war das Problem schon auf sehr praktische Weise ›angedacht‹. Angesichts der wachsenden Vereinzelung und Vereinsamung der Menschen im Alter wolle man eine Altenkommune bilden, in einem gemeinsam anzuschaffenden Haus, das dem individuellen Rückzug Raum biete, gleichzeitg aber auch jeglicher Gemeinschaft in Küche, Kunst und Diskurs sowie der

Unterstützung durch bezahlte Helfer.« Zivis und andere Putzen also, die diesen Haufen untenrum ein bißchen sauberhalten, schmierige Diskursreste von den Fliesen schaben und tatteriges Kunstkonzeptgefasel ins Reine tippen, und dies alles für ein paar Mark *Titanic*-Zinsen – ein Zuckerschlecken wird das nicht.

Eppelmann, Rainer – Über Strafe, Schuld und Sühne wird viel zu wenig nachgedacht. Und das in einer Welt, die so gemein sein kann, wenn sie möchte! Eigentlich gibt es nur zwei Persönlichkeiten, die sich auf diesem Gebiet Meriten erworben haben, Friedrich Schorlemmer und Rainer Eppelmann. Als Pastoren, die sich ihrer eigenen Forderung – »Pfarrer zu Pflugscharen!« – listig entzogen haben, sind sie für den Schuldkomplex abgestellt. Da es für Sühnebeauftragte nirgendwo einen speziellen Etat gibt, wird der eine, der Frieder, von Verlagen und Stiftungen ausgehalten, die für die Drucklegung seiner traurigen moralischen Appelle alle erdenklichen steuerlich absetzbaren Verluste einkalkuliert haben. Manchmal lädt ihn auch das öffentlich-rechtliche Fernsehen ein und nimmt den Zusammenbruch der Quote in Kauf, wenn den Prediger *Wut und Verzweiflung* bzw. *Zorn und Trauer* anfallen angesichts des ungeheuerlichen Tatsachenmaterials, das ihm für sein neuestes Werk zugearbeitet wurde.

Der andere, Rainer, läßt sich als christlicher Arbeitnehmer-Vertreter alimentieren. Schließlich hat er, wie das auch Honecker und Hitler von sich behaupteten, schon mal auf dem Bau gejobbt.

Rainer Eppelmann hatte in Wendezeiten als »Minister für Abrüstung und Verteidigung« der DDR die Generalität der Nationalen Volksarmee liebgewonnen und ihr eine soziale Endlösung beschieden. Anschließend hat er den Bundeshaushalt für eine jahrelange aufregende historische Forschung ausgenommen, mit der er auch zahlreiche enge Freunde aus dem DDR-Widerstand ernährte. In beiden Professionen war er ganz in seinem Element – Schuld und Sühne nach der Maßgabe christlicher Nächstenliebe zu verteilen (sein Bruder im Geiste, Schorlemmer, brütete derweil über den Verfahrensfragen für ein Tribunal, vor das er die SED- und MfS-Schergen sowie die Mitglieder der Konsumgenossenschaft zerren wollte).

Eppelmanns Auftrag bestand darin, zu beweisen, was alle guten Menschen, er selbst zuerst, bereits dunkel ahnten: daß die DDR ein quasifaschistischer, wenn nicht gar ganz und gar faschistischer Staat gewesen ist. Zwischendurch hat er noch ein aufgeblasenes Erinnerungsbuch verfaßt, das zum Besten gehört, was die unfreiwillig komische Literatur in Deutschland hervorgebracht hat.

In seiner Rolle als Arbeitnehmer kommt Eppelmann nicht allzuoft zu Wort. Meist wird er eifrig nickend neben Schäuble oder Kohl gezeigt, wenn die Unsinn reden. Manchmal aber gibt er ein Interview. »Sparen – die Schmerzgrenze ist erreicht« bzw. »Eppelmanns Zorn« sind die überschrieben. Die Fotografen lichten ihn dabei mit Vorliebe ab, wie er die Hemdsärmel hochgekrempelt hat, was ihm tatsächlich etwas Arbeitnehmerschaftliches verleiht. Auch jetzt denkt Eppelmann weiter über Strafe nach: »Es macht keinen Sinn, sie [die Arbeitnehmerfamilien] über die Arbeitslosigkeit und den daraus resultierenden Einkommensverlust hinaus zu bestrafen.« Strafe haben sie natürlich verdient. Aber darüber hinaus? Nicht mit Eppelmann. Denn das macht irgendwie auch keinen Sinn.

Fach, Holger – Daß er sich als neuer Libero von 1860 München nicht davor drücken konnte, in Waldemar »Fifi« Hartmanns Plapper- und Blubbersendung »Blickpunkt Sport« aufzutreten, das konnte man ihm ja noch zugute halten, auch wenn man dem Zeug, das er da erzählte, nicht viel Glauben schenken mochte, von wegen als neuer Mannschaftskapitän die Interessen der Spieler gegenüber Lorant durchzusetzen, der immer so aussieht, als kämpfe er gerade einen Beißkrampfanfall nieder. Mag sein, daß das alles zum business as usual gehört, und entsprechend standardisiert und quarkhaltig waren Rede und Antwort. Aber was trieb Holger Fach am Ende des simulierten Gesprächs bloß dazu, sich noch einmal zu Wort zu melden und kund zu tun, daß er sein Auftrittshonorar für das Oderbruch spendet? Auch Holger Fach also wollte einmal gut sein, und weil Gutsein eben nur geht, wenn man es in die Welt hinauströtet, damit es alle mitkriegen, ließ er sich von den vielen kleinen Waldemars im Publikum beklatschen. Alle fanden das ganz ganz toll, und dabei hätte doch gerade den Waldemars dieser Welt auffallen müssen, wie knausrig diese Spende war, denn im Vergleich zu Holger Fachs Monatslohn dürfte das Kleingeld von Hartmann nicht mal ausreichen, einem Portier ein Lächeln zu entlokken.

Faßbender, Heribert – Drei am Reporterplatz gesprochene Sätze machten ihn unsterblich: a) »Die Tschechei trifft jetzt in Bööhrmingheim auf Portugoool«, b) »Wenn hier die Sonne scheint, ist es noch heißer« und c) »Der Mann kann am Ball alles«.

Noch unsterblicher wurde Heribert Faßbender, als er sich 1997 im Urlaub »am griechischen Strand« für *Bild* abphotographieren ließ. Wo die Kundschaft zu

Recht das Bikini-Mädchen erwartet hatte, sah man in der Ausgabe vom 7.8. plötzlich zehn mal fünfzehn Zentimeter groß – und eben vorne druff! – den graubärtigen Moderatorenwolf, diesen wie in Stein gemeißelten Vertreter seiner ehrenwerten Zunft, diesen Gott des flüssigen Wortes und Herrscher über das Reich der Floskel. – Da hockte er also, unterm Arsch zwecks zusätzlicher Polsterung sein akkurat zusammengelegtes graues Handtuch, auf einer gelb-rot gestreiften Plastikstrandliege, das Kreuz durchgedrückt, die erstaunlich monströse Plauze nach vorne und in den offenen, aufs Meer zulaufenden Raum hineingepreßt, diese Luftverdrängung aber stoisch ignorierend, weil er die Augen schloß und die Hände gegeneinander legte, als bete oder frömmele er.
«Was macht *der* denn da?« muß an diesem denkwürdigen 7.8.1997 das *Bild*-lesende Staatsvolk aufgejault und sich danach gefragt haben: »*Was* macht er denn da?« »Täglich, Punkt halb sieben Uhr, setzt sich Faßbender im Urlaub auf die Liege seines Ferienclubs, schaut auf Himmel und Meer.« Bei runtergeklappten Lidern? Faßbender selbst: »›Manchmal kam aus Lautsprechern klassische Musik, das war wunderschön am frühen Morgen.‹«

Zwar hätten wir dort, wo sichtbar klassische Musik um Faßbenders geistumwölkten Schädel toste, lieber eine der unsterblichen Legenden zu Barbara (19) oder Tanja (23) gelesen und – zugegeben – auch die Photos sehr gern angeschaut; doch ihm, Heribert, sei, weil er diesem (Photo-) Akt seiner säkularen Spiritualisierung und vorzeitigen Transzendierung zustimmte und sich narrischer präsentierte als jemals zuvor, verziehen. Ihm allein, dem Unhaltbaren.

Feddersen, Jan – »Nichts gegen Heidi Kabel. Ich bin Hamburger.« So spricht Jan Feddersen, Inlandsredakteur der *taz*. Und kann noch mehr in der Richtung. Über die Gerichtsverhandlung nach dem Lübecker Brandanschlag vom Januar 1996 schrieb er Reportagen, in denen trotz aller Widersprüchlichkeiten bei den Ermittlungen vor allem der Angeklagte Safwan Eid verdächtig erschien, nicht aber die Motivation der Staatsanwaltschaft. Das ist Feddersens Spezialität: Die Stimmung der Mehrheit erspüren, sie wie ein Schwamm aufsaugen und sie dann als seine ganz eigene, dezidierte und geradezu ketzerisch abweichende Haltung wieder ausspucken. So bestärkte er den SPD-Kanzler-Aspiranten Gerhard Schröder, als der tönte, »kriminelle Ausländer müssen raus, und zwar schnell!« Feddersen stellte daraufhin in der *taz* vom 22. Juli 1997 angebliche Fragen, die aber gar keine waren, sondern Antworten: »Ist es schon nationalistisch, die Osterweiterung der EU deshalb für ein Problem zu halten, weil Arbeitskräfte aus Polen, Slowenien, Tschechien und Weißrußland die Tarife im deutschen Baugewerbe versauen?« Hier schminkt sich der bewußtlose Propagandaschreiber als Stimme der Aufklärung. Feddersen hat die alte Querdenker-Masche perfektioniert: Was im kritischen Gestus daherkommt, ist blanke Affirmation. In der *taz* gilt Feddersen nach Auskunft diverser Kolleginnen und Kollegen als einer, der »über alles schnell was schreiben kann«, als »Allzweckwaffe«. Ein schöner Name für einen, der in jeder Bedeutung des Wortes stumpf ist.

Ferres, Veronika – Von universitärer Klolyrik mag schwärmen, wer will. Das Exemplar »Ach, wie schön und schöner wär' es, / stürbe heut die Lind, quatsch: Ferres« scheint mir eine fiese und auch justitiable

Schweinerei zu sein, an der mir allerdings vor allem eines aufging und weiterhin aufgeht: daß ich ganz offenbar nicht der einzige bin, der diese beiden aktuellen Damen ums Verrecken nicht auseinanderhalten kann; diese Lichtgestalten neugermanischen Starktantentums und sogar offensivster Tantenhochkultur noch immer reihenweise durcheinanderpfeffert und zum Beispiel immer noch nicht weiß: Spielt nun die Ferres die Lind in Til Schweigers »Rossini« – oder hat umgekehrt Frau Lind der Ferres diesen singulären Käse auf den Leib und aufs Kostüm geschrieben? Um mit V. Ferres' Babbelseller »Die Jungfrau« oder »Zauberfrau« oder wie auch immer finanziell gleichzuziehen? Und von welcher der zwei beiden stammt noch mal »Ich wollte Hosen«?

Die Lage ist verzwickt. Sie wird nicht dadurch einfacher, daß beide haargenau derselben charakterlichen Prägung ausgeliefert scheinen: Beide können sich, dank eines raren Doppelklimmzugs kontrafaktisch orientierten »Jetzt erst recht«, doch auch ganz prima leiden bzw. sogar sehr gut – »wie ich schreibt keine andere«, sagte neulich V. Lind oder eben Hera Ferres, die ja zudem und laut Umfrage achtzig Prozent der deutschen Männer vögeln möchte! Korrigiere: möchten. Allerdings: »Mit attraktiven Männern ist es wie mit Diätsünden. Da überlegt man sich auch, ob es das wert ist. Was liebe ich mehr, die Sahnetorte oder meine gute Figur? Auf Dauer liebe ich eher meine Figur. Also verzichte ich auf die Sahnetorte, obwohl sie mir Spaß machen würde.«

Sagte in dem Anziehheft *Amica* Ferres oder Lind? Ach, weiß der Teufel. Ich gebe jedenfalls und hiermit auf.

Fliege, Jürgen – Möchten Sie wissen, wie sich Jürgen Fliege an seine Gäste heranmacht? »Vorsichtig, wie einem rohen Ei« – mmmh lecker! – »nähere ich mich meinen Gästen«, offenbart uns Jürgen Fliege. Und dann? Dann »berühre ich meinen besonderen Gast. Ich lege meine Finger vorsichtig auf seine Wunde.« – Schlürf, schmatz! – Dabei bleibt es jedoch nicht, denn »auch der Hintern spielt eine Rolle. Das wird vielleicht neu sein. Aber wenn das Empfinden so groß ist, daß die Menschen von ihm schier erdrückt werden, dann setze ich mich [...] zu ihren Füßen« bzw. auf ihre Füße – mjam, mjam. Tränen sind Jürgen Flieges Lebenselexier, sie »sind mir kostbar wie Perlen«. – Ah, lecker! – »Sie sind ein Teil meines Lebens; ich lasse sie nicht verächtlich machen, von niemand!« Mitten in der kaum gezügelten Gier nach den kostbaren Perlen jedoch, zeigt sich Fliege auch sehr großzügig: »Aber will ich sie auch wie ein Gebet, eine Äußerung der Seele eines Menschen empfinden, wende ich mich bald ab, um meinem Gast die Möglichkeit zu geben, sich in ein ›stilles Kämmerlein‹ zurückzuziehen, das in Jesu Namen nicht nur für innigste Gebete, sondern eben auch für innigste Tränen...« – jieper, jieper! Kann es sein, daß Jürgen Fliege glaubt, seine gutmütigen Opfer bzw. »Mitmenschen« deshalb so nervtötend umschwirren zu können, weil er ein bißchen zu fest darauf vertraut, daß sie keiner Fliege, also auch nicht Jürgen, etwas zuleide tun?

Flügel, Jens-Uwe – »Moment mal!« möchte man rufen, wer ist denn Jens-Uwe Flügel? Nie gehört. Und doch gebührt diesem Mann hier eine dringende Erwähnung, stellvertretend gewissermaßen für die Vertreter seiner Zunft, die, Männer Gottes und Pfaffen wie er, ihren peinigenden Senf nicht nur predigend in die Christenhirne quetschen, sondern ihr verblödendes Geblöke auch noch in hoher Druckauflage unter die Leute streuen, so daß es auf ewig zeuge von der Schlichtheit ihrer Gedanken genannten Gespinste.

»Moment mal!« ist so ein Beleg übertitelt, eine *Bild*-Kolumne, in der evangelische Pharisäer und katholische Schriftgelehrte regelmäßig über die Welt rhabarbern wie nichts Gutes. So auch eben jener Pastor Jens-Uwe Flügel, der dort am 8. Januar 1994 das kerzengerade Zeugnis einer Hirnerweichung ablegte, das keiner Exegese bedarf und das wir, wie gesagt, stellvertretend für alle seine geistesquietschenden Brüder und Schwestern nachfolgend, und zwar inklusive aller überflüssigen Doppelpunkte und fehlenden Gänsefüßchen, einfach nur werkgetreu dokumentieren wollen:

»Laß Dich doch nicht so hängen. Von Pastor Jens-Uwe Flügel.

Er tut mir so richtig leid, mein kleiner Baumwollfaden. Wie er da vor mir liegt. Mit dem Gefühl, daß es ›bei ihm nicht ausreicht‹: Für ein Schiffstau zu schwach, zu farblos für eine Stickerei, für einen Pullover zu kurz... Um an andere ›anzuknüpfen‹, hat er zu viele Hemmungen.

Ich weiß, wie es in ihm aussieht: Niemand braucht ihn, niemand mag ihn, er sich selber auch nicht.

Wie gut, daß es noch etwas anderes gibt. Wie das Wachs, das einfach sagt: ›Laß Dich doch nicht so hängen, kleiner Baumwollfaden! Wir beide tun uns zusammen. Eine große Osterkerze werden wir nicht. Aber: Für ein Teelicht reicht es auf jeden Fall! Wir werden zusammen eine kleine Kerze. Immerhin: Sie wärmt ein wenig und macht es ein bißchen heller.

Nun ist er doch noch zu etwas nütze, mein kleiner Baumwollfaden. Ganz ohne Selbstmitleid. Vielleicht denken so noch mehr auf dieser Welt. Dann verändern sie etwas, und sei es noch so wenig. Deshalb: Lieber ein kleines Kirchenlicht als ein großer Armleuchter.‹«

Bzw: leider ein ganz kleines Kirchenlicht und zugleich ein ziemlich großer Armleuchter. Exakt das ist jedenfalls Pastor Jens-Uwe Flügel.

Frege, Andreas alias Campino – Draußen unterm Fenster fährt ein Lieferwagen vorbei. Er ist beschriftet. In gelben Buchstaben auf grünem Grund steht »Deutsche Schreberjugend«, und durch die geschlossenen Fenster noch ist brüllend laut die freiwillige Insassenbeschallung zu hören: »Zehn kleine Jägermeister« von den Toten Hosen. Ist es nicht erschütternd und beruhigend zugleich, wie alles stets gesetzmäßig bei sich selbst ankommt?

Aber war da nicht einmal etwas gewesen bei den Toten Hosen? So ein gewisser rührend ernsthafter Charme, wie er entsteht, wenn Jungmänner sich hinstellen und beschließen: So, wir sind jetzt hart drauf und wütend, obwohl sie das in Wirklichkeit überhaupt nicht sind, sondern linkisch und ungeschickt, jung und klumsig, ziemlich süß eben?

Doch, das gab es mal, vor ca. hundert Jahren. Weil aber Campino und seine Mitmacher außer großer Fresse und Hau-auf-die-Eins-Musik nichts gelernt hatten, mußten sie immer, immer so weitermachen. Campino wurde vom Jugendlichen zum Jugendlichen-Darsteller; ältere Fernsehredakteurinnen und -redakteure gerieten über seine Faxen regelmäßig aus dem Häuschen, Jugendliche dagegen wandten sich, zunächst göbelnd, später gleichgültig, von dem würdelosen Schaustück ab. Statt dessen entdeckten Bundeswehrsoldaten und andere Benachteiligte, daß die Musik der Toten Hosen genauso war wie das Volks- und

Marschmusik-Zeug, das ihre Eltern immerzu hörten, nur eben lauter und schneller. Das hielten sie für cool oder für Punk. Da hatten sie sich aber geschnitten.

Campino sprach währenddessen in Damenzeitschriften über lange Spaziergänge am Strand und andere Indizien einer zarten Seele, die er in sich entdeckt haben wollte. Auch das Meditieren im Kloster schien dem schlichten Mann jetzt schön, denn was ein richtiger Bürgerschreck sein will, darf es sich mit niemandem verderben. Und die kluge und charmante Gisela Güzel fragte, das Kapitel Tote Hosen quasi zuklappend, rein rhetorisch: »Dümmer als die Toten Hosen – geht das überhaupt?«

Doch wie es so ist im Betrieb: Einer findet sich immer, dem das Begreifen gar nicht gegeben ist. Jörg Burger, ein Jungstreber vom *Zeit magazin*, fragte Campino ganz ernsthaft: »Sie haben so viele Talente. Warum werden Sie nicht Politiker?« Campino antwortete so handaufsherzig stulle, wie nur er es kann: »Ich bin doch schon in der Politik, Abteilung Unbestechliche. In Talkshows trete ich den Mächtigen in die Hacken. Bei den Grünen könnte ich mir vorstellen, Abgeordneter zu werden. Aber fragen Sie mich in fünfzehn Jahren noch mal«, und als »Rat an die Jugend« hatte er dieselbe knülle Gülle parat wie die Puhdys: »Du darfst dich nie verbiegen.«

Woher kommt das nur, daß einer, der zugegebenermaßen nie der Hellste war, so ganz und gar abschmiert? Vom vielen dunklen Bier? Vom Düsseldorfer Karneval, bei dem mitzuschunkeln Campinos ganzer Stolz ist? Vom Zusammenhocken mit Mike Krüger und Rudi Carell bei TV-Späßen wie »Sieben Tage, sieben Köpfe«? Das allein kann es nicht sein – Auskunft gab das Titelblatt des *Musikexpress* 12/96, das Campino zierte: Der Gefärbte trägt eine Weihnachtsmütze und posiert – o rebellische Geste der neunziger Jahre! – mit einem Joint, als wolle er uns sagen: Kiffen macht clever, siehe Campino.

Grass, Günter – Schwer lastet seit Bd. 3 der sog. »Danziger Trilogie«, den »Hundejahren«, die Bürde des Erwartungsdruckes auf unserem unausgezeichnetsten Literatur-Nobelpreisträger schlechthin, dem wegen seiner Gesänge aufs Berliner »Gleisdreieck« bereits in jungen Jahren, nämlich 1960 zum Hauptstadtpoeten beförderten Günter Grass. Bald galt Grass aber auch als eifrigster Schüler Döblins (»Mein Lehrer«, so Grass) und »sprachgewaltiger« Mittler zwischen Barock und Moderne. Für Mittelstufler interessanter war sein angeblicher Hang zum pornographischen Wagnis; die zwei bis vier Szenen pubertärer Sexerprobung ziehen in den USA noch heute richterlich angeordnete Beschlagnahmungen der »Blechtrommel«-Verfilmung nach sich. Dennoch hat Grass kein Einsehen und bespricht zweiundzwanzig (22!) CDs mit seinem Debütroman.

Als sich Polen im Sommer 1997 weitenteils nur noch per Propellerschiff bereisen ließ, war das Land jenseits der deutschen Landser-Flüße Odäunscheiße für den vom Stockholmer Komitee verschmähtesten aller jemals mit deutscher Zunge betriebenen Autoren (»Zunge zeigen«, 1988) gewissermaßen vollends offen: Bereit schien Polen, um seitens des unbegabtesten Zeichners (wir möchten erinnern etwa an seine Lithographienmappe »Kahlschlag in unseren Köpfen«, 1990) und Romanversuchsschriftstellers zwischen Rhein, Elbe und Neckar, Oder, Nidda, Aller und Ems, Regen und Pegnitz kohlestiftlich erkundet zu werden. Doch Grass ließ die Chance ungenutzt, seinem Kalkutta-Buch ein impressionistisch-pointillistisches Album feinster, aus dem Wasserfarbenkasten hingetupfter

Polenpanoramen und Landser-Landschaften hinzuzufügen.

Weil es Günter »Gras« Grass verabsäumte, dies neuerlich erschütternde Dokument seiner »brummenden, ja rauchenden« (Dieter Steinmann) und allseitig offenbarten Kunst-Unfertigkeit dem gebeutelten Kosmos aufs Auge zu drücken, preßte der zu wohl allem bereite Steidl-Verlag im Oktober 1997 statt dessen ein Buch mit anderweitigen und dann eben bunten Malvorgängen in die Welt, ein grunddeppert dahergetiteltes Werk namens »Fundsachen für Nichtleser«, ein entmutigend überflüssiges, von trauriger Inkompetenz und doch dröhnender Megalomanie kündendes Stück Volkshochschulaquarellistik. Zu diesem niederschmetternden Vorgang hatte die Münchner Tageszeitung *tz* schon am 5.5.1997 gemeldet, daß Grass nach aller der deutschen Nationalfrage klösterlich dienenden Schufterei (»Rede vom Verlust. Über den Niedergang der politischen Kultur im geeinten Deutschland«, 1992) nun außer Rand und Band geraten sei, nämlich, erzählte der »Kaschubenschnauzbart« (Eckhard Henscheid), »nach einer längeren Prosapause habe ich meinen alten Aquarellkasten entstaubt und angefangen, in der Natur zu aquarellieren. Nach einer gewissen Zeit meldeten sich Wörter. Es wurde dinglich [...]. Aus den Wörtern wurden kurze Gedichte. Die Niederschrift fand im Aquarell statt, direkt in das Stilleben, das Landschaftsbild hineinkomponiert«.

Am 11.8.1997 ließ uns dann die *taz* wissen, Grass werde nun wieder Wahlkampf »für eine rotgrüne Regierungskoalition« machen. Seine Begründung: »Die Ära Kohl liegt wie Mehltau auf der Gesellschaft.« Daß er sie da mal hochkriegt und wegträgt! Die wie Blei lastende Mehltauzeit des tonnenschweren CDU-Regierungsflaggschiffdampfers! Mensch, Mensch.

PS: Wer aber kennt den laut »Kritischem Lexikon

zur deutschsprachigen Gegenwartsliteratur« 1990 bei Maier in Ravensburg erschienenen Lyrikband »Tierschutz«? Kennt den wer? Und kommen da neben Ratten und Buttfischen auch Regierungsmitglieder drin vor?

Grönemeyer, Herbert – Eines ist mal glasklar: Wer von Herbert (»Bochum«) Grönemeyer spricht, darf von Christine Albert-Nyström vom deutschen Goethe-Institut in Malmö nicht schweigen. Wie das? wird der Leser an dieser Stelle erstaunt fragen. Und ich antworte: Das trifft sich ganz ausgezeichnet, lieber Leser, daß du das wissen willst, nicht zuletzt, weil ich es zufällig gerade erklären wollte. Dazu muß ich jedoch etwas ausholen und kurz ins Historische abschweifen.

Es fand einmal in Frankfurt ein Konzert gegen Fremdenfeindlichkeit statt, worauf auch der von den Veranstaltern solcher und ähnlicher Veranstaltungen immer sehr engagierte Grönemeyer Herbert aufgetreten ist und manch nicht minder engagiertes Lied gesungen hat. Gesponsert wurde dieses Konzert von der traditionell fremdenfreundlichen Lufthansa, welche auch Videokopien des Frankfurter Konzerts gegen Fremdenfeindlichkeit herstellen ließ und diese kostenlos den Goethe-Instituten in allen möglichen fernen und fremden Ländern zur Verfügung stellte, worauf Herbert Grönemeyer per Gerichtsbeschluß besagte Videos wegen Verletzung seines Urheberrechts wieder einsammeln ließ. Soweit alles nicht weiter erstaunlich, denn wo Ausländer verbrannt werden, da wird auch das Urheberrecht mit Füßen getreten. Nun aber kommt Frau Christine Albert-Nyström vom Goethe-Institut Malmö auf den Plan. Als sie nämlich von der grönemeyersch-gerichtlichen Rückrufaktion erfuhr, da ließ sie laut *stern* wortwörtlich folgendes verlauten: Sie sei »wütend, entsetzt und traurig darüber, daß ein sogenannter ›engagierter‹ Künstler sich – offensichtlich aus Profitgier?! – so verhält. Da ist doch nicht mehr glaubhaft, was von der Bühne kommt, wenn es im ›richtigen Leben‹ so zugeht.«

Wer aber wie Herbert Grönemeyer davon singt, daß die »Kinder an die Macht« gehören, darf sich darüber weder ärgern noch wundern, sondern sollte vielmehr dankbar sein für ein Publikum, daß das Kasperletheater vom richtigen Leben immer noch nicht unterscheiden kann und immer noch so traurig, wütend, entsetzt und betroffen wird, wenn das Krokodil die Großmutter gefressen hat, als wär's das erste Mal.

Gross, Johannes – Sich zu beweisen oder wenigstens das Gefühl zu geben, daß sie neben Geld und Macht auch Hirn oder wenigstens ein Sprachzentrum habe, läßt die herrschende Bande oder wenigstens die Redaktion des *FAZ-Magazins* seit schätzungsweise achtzig Jahren den körperlich verschwindend kleinen »Johnny« Gross das demonstrieren, was sie für Geistesgröße hält, und ihn ein »Notizbuch« schreiben, das aufklärerisches Raisonnement beerben, Freiheit des Denkens mit Feinheit der Diktion verbinden und den Anzeigenkunden stecken will, hier läsen die monetär wie kulturell oberen Zehntausend. Leider liegt die Wahrheit wieder einmal in der Mitte. Der Wortschatz ist in der Tat halbwegs hinreichend, und gelesen werden die Notizen in der Tat von blitzgescheiten Managern oder wenigstens rappeldummen Volkswirtschaftsstudenten, die wissen möchten, was Papa denken würde, würde er es formulieren können – die Notizen selbst sind Schmodder zu immerhin 95 Prozent, teils indes von beinah' Krausscher Unerhörtheit (»Es gibt Namen, die ich allweil vergesse, weil sie dauernd genannt werden«) bzw. Lichternbergscher Buddeltiefe (»Auch Frau Claudia Schiffer weiß leider nicht, wie klug es ist, auf dem Gipfel aufzuhören«) und immer wieder herzhaft erzkonservativ bis hin zum lustvoll Reaktionären, schlichtweg Niedrigen, ja Unterirdischen:

»Angesichts der zunehmenden Funktionsschwäche unserer politischen Institutionen sollte noch einmal über die antiplebiszitäre Neigung des Grundgesetzes nachgedacht werden. Wenn die Volksvertreter eine Krise nur bereden, aber nicht kurieren können, sollte das Volk es selber tun. Zudem sind Plebiszite und Referenden sehr gute Ventile, lebhaften öffentlichen Verdruß abzusaugen und außerparlamentarischen Aktivitäten und protestierenden Zusammenrottungen vorzubeugen« (25.7.1997).

Man hört ihn glucksen, den Kleinen, und der Liebe jener gewiß sein, die Mölln, Solingen u.a. für einen »Denkzettel« halten und den Volkszorn gern mal eine Zeitlang toben lassen würden. Dabei weiß höchstwahrscheinlich keine Sau, warum man ausgerechnet Gross zum Nachdenken bestellte. Als Herausgeber von *capital* und *impulse* kümmerte er sich um nix als um Bilanzen und scheint inzwischen gar zu kurz fürs Fernsehen: Seine Herrenquasselrunde »Tacheles«, ein dem »Notizbuch« in nichts nachstehendes Gewäsch aus Brutalität und Bildung, ward nach ein paar Folgen wieder eingestampft – Gross erwies sich als zu klein, tauchte stets unter die vom Sender vorgeschriebene Sitzmindesthöhe! Für einen, desser ganzer Stolz und Sinn und Halt darin bestehen, den niederen Schichten gern mal eine aufs Maul zu geben, muß das einen ziemlichen Knick bedeuten. Aber er wird sich aufrappeln, der Zwerg.

Gysi, Gregor – Nein, Westpolitiker hätten sich darauf nicht eingelassen, auch wenn man bislang davon ausgehen konnte, daß sie auf der nach unten offenen Peinlichkeitsskala noch schwerlich zu toppen sein würden. Aber als ich eines langweiligen Fernsehabends durch die Programme zappte, wurde ich eines Besseren belehrt. Irgendwo blieb ich hängen, weil ich zunächst einfach nicht glauben mochte, daß eine so schlechte Bühnenshow abgenudelt und dem Publikum als comedy angedreht wurde. Der Krampf nannte sich »Dramolett für eine Rothaut und ein Bleichgesicht« und hieß »Gysitou«. Uff! Da stand eine Knallcharge, die als »Old Knitterhemd« auftrat, im Wildwestlook vom letzten Fasching und rezipierte in gestelzter Sprache, die lustig klingen sollte, aber sich nur pennälerhaft-dämlich anhörte: »Ah – endlich! Das Lager meines roten Bruders (man beachte die feine Anspielung!) inmitten einer blühenden Landschaft (und diese – höhö – Anspielung erst! Kohl und so!). Old Knitterhand dünkt, daß der Häuptling der östlichen Stämme sein Mittagsschläfchen hält. Haaallloooo ... jemand zu Hause?« Unten aus dem Zuschauerraum gluckste es, hier wurde man nicht überfordert. Hier konnte man quasi Mensch sein, hier war man unter sich, hier ließ sich von gleich zu gleich, von Blödmann zu Blödmann reden. Und dann kam er herausgekrochen aus dem buntbemalten Indianerzelt, Gregor Gysi, auf der Glatze eine Feder angepappt, aber sonst mit Anzug und Brille. Uff! Alles, was recht ist, darauf war ich nicht gefaßt.

Der Dialogrest quoll sozusagen aus der untersten Schublade. Kostprobe? »Gysitou: Und dann wolltest Du mir noch für 2500 Eier Deinen rostigen Golf andrehen! Old Knitterhemd: Ein edles Gefährt! 500 Mark unter dem Listenpreis! Gysitou: Jaja, genau! Bloß nicht die Bullen holen, winselte der Jammerlappen! Und wieso? Weil er 'ne Schnapsfahne hatte...« Noch mehr? Nein? Na gut! Eine Diktatur, die ein solches Mitmachen hätte erzwingen können, was zwar nichts entschuldigt, aber zumindest erklärt hätte, gab es meines Wissens zum Zeitpunkt der Uraufführung dieses Stückes nicht. Gregor Gysi machte sich freiwillig zum Affen, um die dumpfen Ressentiments der Ossis mit dem Vorurteil bedienen zu können, sie wären vom Westen über den Tisch gezogen worden, wo sie doch genau das wollten. Seitdem kann ich in Gysi nur eine weitere von vielen trüben Gestalten erkennen, die da drüben zu einem unangenehmen Belästigungsfaktor geworden sind. Immerhin ist dadurch das Mißverständnis vom Tisch, Gysi wäre besser als seine Partei.

Hanno Harnisch, dem Pressesprecher der PDS, kommt das Verdienst zu, das Dramolett zur Veröffentlichung gebracht zu haben. In einem Vorwort zu Gysis »Frechen Sprüchen« zeigt sich Harnisch so beeindruckt, ja geradezu beflügelt von der »Ballung seiner [Gysis] sprachlichen Heldentaten«, daß er offensichtlich auch welche zu begehen versucht, indem er aus Gysi eine »intellektuelle Meßlatte für den modernen Politiker« macht. Aber was tut er damit? Will er damit jemanden verhauen? Wer weiß, jedenfalls hängt sie so tief, daß sogar Karl Moik noch mit Gysi bockspringen kann.

Jetzt hat der Eulenspiegel Verlag auch noch ein Video mit Gregor Gysi angefertigt und bewirbt es mit folgendem Text: »Gregor Gysi – der Mann mit den Haaren auf den Zähnen, der ostdeutsche Hecht im Karpfenteich des Bundestages, der Entertainer und satirische Redner [...] Dieses Video enthält eine Sammlung seiner schärfsten Argumente, seiner schlagfertigsten Antworten und seiner besten politischen Aperçus.« Das ist schön, daß Gysi es von seinen Freunden am heftigsten abkriegt.

Haffmans, Gerd – Mal berühmt, häufiger aber berüchtigt sind die Umtriebe des Zürcher Verlegers Gerd Haffmans, der 1982 den Dienst als Diogenes-Lektor quittierte, um sein eigenes Haus zu bauen. Mit Autoren wie Eckhard Henscheid, Robert Gernhardt und Hans Wollschläger, die Haffmans dem Betrieb gleich in peinlicher Vollmundigkeit als die bedeutendsten lebenden Schriftsteller deutscher Zunge andiente, wollte Haffmans zu Reichtum und Ruhm gelangen. Das war, zumindest was Gernhardt und Henscheid betraf, kein schlechter Plan; Wollschläger allerdings erlangte Berühmtheit nur als literarische Figur, als Hans Wüllenweber in Henscheids Geschichte über den Ausflug der Haffmans-Autoren nach Paris, der sich zu einer onanistischen Orgie auswächst.

Recht früh schon auch zeigte sich bei Haffmans die Tendenz zum Krämern. Das wohlfeile Verschenkbuch, eigentlich den Abgreifern von Eichborn vorbehalten, hielt bei Haffmans Einzug; da wurde die Bibel in lustig sein sollendes Szenedeutsch übertragen, und kurze Geschichten von Robert Gernhardt wurden noch einmal als Oster- bzw. Weihnachts-Mitbringsel aufgelegt und über den klassischen Platz an der Buchhändlerkasse in den Markt gedrückt. Von Gernhardt erschien sogar ein Katzenfreundebuch mit dem Untertitel »13 Lektionen in Catical Correctness«; *Catical Correctness*, es ist wirklich wahr, man faßt es nicht bzw. sich immer wieder an die Rübe: *Catical Correctness*, au weia!

Sammelte man die Geschichten, die Haffmans-Autoren wie Bernstein, Egner, Eilert, Goldt, Henscheid, Polt und Sowa kolportieren, käme leicht eins der bei Haffmans so beliebten dicken Hausbücher zusammen, in diesem Fall »Das große Haffmans-Hausbuch der Hochstapelei«. Wie Haffmans mit bloßer Faust ein hungriges Spätzlein vom Frühstückstisch verjagte; wie er an einer Imbißbude eine Quittung über einen Kaffee lauthals aus der Imbißbudenfrau herausdrangsalierte; wie er Leuten, denen er hohe Summen schuldete, auf deren Nachfrage hin wüste Briefe schrieb, er habe sie »groß gemacht«, sie aber seien »undankbar«, kurz: Jede Menge Gaunereien aus dem Hause *Getränke Haffmans* könnte man in diesem schicken dicken Buch, mit Lesebändchen und im Schuber natürlich, nachlesen. Und einen Brief, den Haffmans im Mai 1997 an die Presse herausorgelte, um »›Lichte Gedichte‹, die neuste Lyrik von Robert Gernhardt«, anzukündigen: »Robert Gernhardt wurde bisher verglichen mit Dante, Klopstock, Goethe, Schiller, Heine, W. Busch (dem alten, weisen), Morgenstern, Rilke, Ringelnatz und Brecht. Aber er hat viel mehr erreicht: Seine Verse sind Gemeingut geworden, sie tauchen als Ohrwürmer und Wandsprüche wieder im Volke auf, so daß viele Gernhardt-Gedichte von sich sagen können: Wir sind das Volk.«

Gedichte, die »Wir sind das Volk« sagen können, gibt es glücklicherweise nicht – nicht einmal von Robert Gernhardt, dem doch so vieles gelang. Dafür gibt es in Gernhardts 1997er Haffmans-Jubiläums- und »Es-ist-erreicht!«-Band ein Gedicht, das ganz anders von sich und zu uns spricht. Hier ist es ungekürzt: »Zürich – Frankfurt/Main / 6.5. 95, mit Rückenlicht / Ohne Geheimnis die Welt. Nur eine Frage der Richtung. / Fällt mit der Sonne dein Blick, / wirkt das Gerundete flach.« Darüber sollten wir alle einmal (oder auch zweimal) nachdenken.

Haider, Jörg – Ein Mann, der ständig gegen Ausländer hetzt und dabei selber wie der letzte Jugo Lederslipper und weiße Socken trägt, ist, für mich jedenfalls, total unglaubwürdig.

Heitmann, Steffen – »Eher freß ich eine Frikadelle aus Granit / Als daß du rumfurzst in der Villa Hammerschmidt!« So furios endet Horst Tomayers leidenschaftliches Pamphlet »Ein Mensch schreit auf gegen Heitmann«, das Tomayer im Oktober 1993 schrieb. Der Dichter behielt recht: Steffen Heitmann trat zur Wahl des Bundespräsidenten erst gar nicht mehr an.

Ins Rennen geschickt worden war Heitmann von Bundeskanzler Helmut Kohl, der eine Art Testballon brauchte: Wieviel ganz offen gezeigten rechten Muff waren die Insassen des Landes hinzunehmen bereit? Das wollte Kohl wissen; wacker trabte sein Minenhund Heitmann los. Und trat voll rein: Nach 50 Jahren habe man als Deutscher endlich das Recht erworben, mit Auschwitz in Ruhe gelassen zu werden, Frauen sollten sich klassisch um Kinder, Küche und Karlheinz kümmern, und aus derart sanierten Familien heraus finde dann auch das von Ausländern möglichst gereinigte Vaterland wieder zu Recht und Ordnung zurück.

Diese in Deutschland nicht seltene Auslegung der Geschichte wollten aber selbst die Deutschen vom geistigen Zuschnitt Angela Merkels und Rudolf Scharpings nicht teilen, jedenfalls nicht öffentlich und nicht in dieser deutlichen Formulierung. Der Kandidat Heitmann wurde also zurückgepfiffen, und als die Anti-Heitmann-Deutschen kurze Zeit darauf Roman Herzog zum Präsidenten bekamen, durften sie dabei das gute Gefühl haben, sie hätten Schlimmeres verhütet und sogar den Sieg davongetragen. (Helmut Kohl ist eben nicht ganz so dumm wie die Legion der Kabarettisten und Parodisten, die in Ermangelung eines Berufs oder eines Gedankens die Legende von der Kohlschen Unbedarftheit ihrem gleich ihnen stupiden Publikum jahrelang zwanghaft aus simpler Gesinnungsabgreiferei und Geldschneiderei einredeten.)

So gesehen ist es nur logisch, daß Steffen Heitmann am 18. Juli 1997 in Stuttgart mit dem erstmals verliehenen Eugen-Bolz-Preis – nein, nicht für gutes Bolzen, sondern – »für seine Verdienste um den Aufbau der Demokratie in Ostdeutschland« geehrt wurde. Eugen Bolz, ein Württemberger Politiker der katholisch-konservativen Zentrums-Partei, zwischen 1919 und 1933 Reichs-Fußball-, nein!, Reichs-Innen- und -Finanzminister, wurde nach dem 20. Juli 1944 von den Nazis hingerichtet. Steffen Heitmann, so die Baden-Württembergische Kultusministerin Anette Schavan in ihrer Laudatio, sei »in der Opposition gegen das regierende DDR-Regime aktiv« gewesen und habe »auch Widerstand geleistet«. »Auch Widerstand« ist schön gesagt / wogegen, wird nicht nachgefragt.

Steffen Heitmann gehört seit dem 18. Juli 1997 zu den Widerstandskämpfern, zu den Männern des 20. Juli 1944 – von denen übrigens nicht wenige seine Sicht auf die Juden, auf die Frauen und auf das deutsche Vaterland teilten.

Und Adolf Hitler war Antifaschist, eigentlich.

Herzog, Roman – Ein Mann, der erstens eine Frau hat, die nicht nur zweitens selber kochen kann, sondern drittens mindestens so gut wie Alfred Biolek, kann eigentlich keine Fehlbesetzung für das anspruchsvolle Amt eines Bundespräsidenten sein. Aber auch seine wohlgewählten Worte zu heiklen Anlässen wie dem dummerweise leicht mit dem Warschauer Ghetto-Aufstand zu verwechselnden Warschauer Aufstand sowie der Reichspogromnacht, dem Reichsparteitag und der Reichstumssteuer waren dennoch von staatsmännischer Besonnenheit und von großem Verantwortungsgefühl getragen und erfüllten unsere Erwartungen stets zur vollsten Zufriedenheit. Und seine Forderung nach dem eigentlich schon längst fälligen »Ruckzuck« durch Deutschland hat zu Recht sowohl national als auch international schwer Eindruck gemacht.

Mir *ganz persönlich* jedoch hat am allerbesten gefallen, wie Roman Herzog anläßlich eines feierlichen und öffentlichen Fahneneids junger wehrpflichtiger Menschen vor dem Charlottenburger Schloß in der neuen Bundeshauptstadt Berlin ein altes leidiges Thema wieder aufgriff und ihm zugleich eine neue überraschende Wende gab, indem er nämlich sprach: »Soldaten sind keine Mörder – im Gegenteil.«

Hildebrandt, Regine – Bei Regine Hildebrandt, der Ministerin für Arbeit, Soziales, Gesundheit und Frauen in Brandenburg, denke ich unwillkürlich an die Zeiten, als die herrschende Klasse noch öffentlich Eintopf aß, um das Kanonenfutter für die diversen Weltkriege davon zu überzeugen, alle würden am gleichen Strang ziehen. Im Unterschied zu früher muß Regine Hildebrandt niemanden davon überzeugen, daß es ihr außerdem schmeckt, und wenn nicht, sie den Eintopf trotzdem aufessen würde. Zufrieden aber ist sie bereits mit »einer Rolle Drops«, »das Schönste, was ich mir vorstellen konnte«, und ihre Lieblingsbeschäftigung besteht im emsigen »Einwecken«: »Wenn gemeinschaftlich aus Falläpfeln mit der Flotten Lotte Apfelmus gemacht wurde, war besonders viel los in der Küche. Manchmal schafften wir zwanzig bis dreißig Gläser an einem Abend. Ergebnis: ein voller Vorratsschrank und fröhliche Gesichter...« Hingegen zeugen ihr die Frühstücksbuffets in den Westhotels, in denen sie zwischen den zahlreichen Talkshows die Nächte verbringen muß, von unnatürlicher »Völlerei«, wo es doch eine Schnitte märkisches Graubrot mit selbstgemachter Marmelade auch täte.

Regine Hildebrandt umgibt das Flair der Trümmerfrauen. Zupacken und aufräumen, im Treppenhaus kehren und die Diele wischen, schrubben und einwekken, damit könnte sie den ganzen Tag verbringen; oder Kartoffelsäcke aus dem Keller hochschleppen, und wenn zum »freiwilligen Arbeitseinsatz – im ostdeutschen Sprachgebrauch auch Subbotnik genannt« – gerufen wird, dann tut sie nichts lieber als nach Klaistow auszurücken, um »auf den 100 Hektar großen Feldern des Spargelhofs Buschmann und Feldmann« Spargel zu stechen. »Körperliche Arbeit schadet nicht«, ist ihr in Stein gemeißelter Leitspruch, obwohl sie nicht so aussieht, als würde dieser Satz auf Wahrheit beruhen. Im Gegensatz zu Kohl, dessen Leibesumfang den Armen Wohlstand verheißt, verspricht Regine Hildebrandt ihrer Klientel aus dem Osten nur trockenes Brot und Graupelsuppe, weshalb sie als besonders glaubwürdig gilt.

Ihr Politikverständnis ist einfach und primitiv, es ist populistisch. Als das häßliche Entlein des Volkes aufzutreten gefällt ihr gut, mit scheppernder Stimme, ohne Punkt und Komma und ohne Sinn und Verstand sprechen bereitet ihr Vergnügen. Auf ihrem Feldzug gegen den reichen Westen, von dessen Brosamen sich die armen Ossis ernähren müssen, und gegen die Bürokraten, die alle Reformen torpedieren, spielt Hildebrandt gern die Rächerin der Enterbten. Ihre Philosophie setzt sich aus chinesischen Volksweisheiten zusammen wie »Politik geschieht nicht dolt, wo man sich den Hinteln plattsitzt«, und an ihre Wähler schleimt sie sich mit Bekenntnissen an wie »Ich interessiere mich nicht für Politik, nur für Menschen und ihre Schicksale«, für diejenigen also, die seit der Vereinigung untergebuttert werden. Damals nämlich in der DDR, zwinkert die Regine Hildebrandt ihren Ossis zu, war eben alles noch besser. Sogar die miesepetrige

»Übellaunigkeit«, die sie ausstrahlt und an der man den Ossi erkennt, hat was Gutes. Die ist nämlich immer noch besser als die »geheuchelte Freundlichkeit« der Wessis. »Eigentlich hätte es Regine Hildebrandt gar nicht nötig zu argumentieren«, schrieb *Im Bilde*, »sie selbst ist Argument genug.« Und zwar, um einen großen Bogen um sie herum zu machen.

Hintze, Peter – Der arg verkannte Peter Hintze ist viel sympathischer, als er auf den ersten und auf alle folgenden Blicke erscheint. Hintzelpit, wie seine liebe, kleine Frau ihn nennt, hat eigentlich nur eine Schwäche: Samstagmorgen steht er unterm Vordach und wichst, daß die Bürste glüht. Seiner Frau ist das recht, denn aus bekannten Gründen (*Bild* hat ja Hintzes Fußpilzproblem bereits geoutet) würde sie seine Schuhe nur ungern anfassen.

Das Schlimme bei Peter ist, daß er dienstlich so ungeheuer unter Druck steht. Um acht Uhr morgens sitzt er im Adenauerhaus und wartet auf den Anschiß. Er kriegt dann diesen gehetzten Blick und schwitzt dermaßen, daß man ihm schon den Ledersessel wegnehmen mußte, damit er nicht schimmelt (der Sessel). Wenn der Alte am Wolfgangsee ist, blüht der Peter aber direkt auf, schießt mit Dart-Pfeilen nach den Sekretärinnen und produziert am laufenden Band witzige Ideen.

Kürzlich war er mal wieder ganz locker. Kohl hatte ihm gesagt, er solle sich über den Sommer gefälligst was einfallen lassen: Es fehlt an Feinden in der Republik. Es fehlt an Leuten, die man auch mal ordentlich verbal verwamsen kann, wenigstens symbolisch.

Vor den letzten Bundestagswahlen hatte der Peter schon mal eine Idee gehabt. Er versammelte damals die Presse vor einer Gardine, strahlte wie der Weihnachtsmann – dann ging die Gardine hoch, und dahinter sah man eine aufgeknüpfte rote Socke. Ein herzliches Gelächter schallte durch den Raum, das von Peter. Das war so ein Moment, wo er mit seinem Humor der Zeit weit voraus war (manchmal, sagt seine liebe, kleine Frau, ist der Peter so aufgekratzt, daß sie ihm einen Kaffeewärmer über den Kopf ziehen muß, damit die Kinder Fernsehen gucken können).

Peter erklärte den Idioten von Journalisten den subtilen Witz, der hinter der aufgeknüpften roten Socke lauerte: Rote Socken sind gewissermaßen Menschen (wenn auch von verdächtiger Qualität) – und das da, liebe Leute, ist ein Strick. Na, wenn das keine Handlungsanweisung ist – denn von selbst hängt sich eine Socke bekanntlich nicht auf! Merkt ihr was?

Der Erfolg damals war durchschlagend. Überall in der Republik erinnerten sich Parteigänger von Peter daran, wie herzerfrischend unkompliziert man früher mit Roten verfahren konnte. Ganz früher. CDU-Bürgermeister fragten an, ob die Strangulierungen der ortsbekannten Umstürzler auch öffentlich erfolgen dürften, bei der Kirmes vielleicht oder dem Erntedankfest. Seilereien bewarben sich um Großaufträge beim Bund, und Feuerwehrkapellen stellten das musikalische Rahmenprogramm zusammen, sofern die Noten vom Horst-Wessel-Lied aufzutreiben waren. Eine wahre Aufbruchstimmung ging durch die alten Bundesländer. Nur der Herr Seite auf dem flachen Lande und der Herr Biedenkopf in Sachsen fanden, sie seien mit der Hängerei echt überfordert. Sie würde Lücken in zu viele Familien reißen...

Nun hat der Peter wieder eine Idee gehabt: dieselbe. Denn erstens zeigt das, daß die CDU nicht die Grundsätze wechseln muß. Zweitens sind die Roten immer noch da. Und drittens ist es Kohl egal, womit er die nächsten Wahlen gewinnt. Nur »Rote Socken«, sagt der Peter, ist durch! Man kann so einen Erfolg nicht wiederholen. Er sucht jetzt nach einem neuen Symbol für die alte Gefahr aus dem Osten und bittet alle Freunde der Demokratie um Mithilfe. Bei einem großen Preisausschreiben sollen gute Vorschläge gesammelt werden. Erste spritzige Entwürfe sind schon eingegangen: Schulkinder haben einen Bolschewiken mit einem quergelegten Dolch im Mund gezeichnet. Wenn das nicht geht, könnte man einem Kampfhund das Gesicht von Lothar Bisky und einem Killerwal das Gesicht von Markus Wolf verpassen.

So richtig toll ist das alles aber noch nicht. Der Peter ist momentan wieder sehr unausgeglichen, sagt seine Frau. Am Samstag hat er vor Nervosität sogar seine Hausschuhe gewichst. Der Alte hat dem Peter vom Wolfgangsee gefaxt, die neue Kampagne soll was mit »alten Seilschaften« sein – aber »Aufhängen« hatten wir schon.

Wer also den Peter dieser Tage trifft: So ein Ekel ist der sonst gar nicht. Er ist im Streß – da wird er leicht verkannt.

Hofer, Jan – Ich sag' es nur ungern, aber dieser Mann ist ein bißchen beschränkt. In seinem hilflosen Versuch allerdings, über seine Talkshow »Riverboat« etwas Schlaues zustande zu bringen, ist er fast schon wieder niedlich: »Das Wort ›Talkshow‹«, so weiht Jan Hofer den Leser in seine ganz persönliche Ansicht ein, »besteht aus zwei Teilen, die sehr genau verdeutlichen, was ich meine. Erstens Talk (Gespräch) und zweitens – Show.« Ehrlich, da wär' ich nie drauf gekommen. Nie! Aber so ist der Jan Hofer, wenn er sein »Spiel mit den Worten« treibt und wenn er sich »einer gewissen Schlagfertigkeit« rühmt, dann passiert es schon mal, daß einem die Kinnlade vor lauter Staunen herunterklappt. Von Jan Hofer, dem Routinier, erfahren wir dann auch noch ein paar Internas aus dem überaus komplizierten Beruf des Talkshow-Moderators: daß zwölf Minuten manchmal kurz, »manchmal aber auch sehr, sehr lang« sein können, daß »die unwesentlichen Fragen am Schluß kommen und gegebenenfalls gestrichen werden können« und daß ein Moderator »Neugier und ein unbändiges Interesse an Menschen« haben sollte, so wie Jan Hofer eben, der Puttenengel im Gewerbe des Rhabarberns, das rougewangige Zwiebackbaby.

Sage aber keiner, Jan Hofer könnte nicht kritisch sein. Jan Hofer ist im Gegenteil so was von kritisch, wie ein Puttenengel eben kritischer nicht sein kann. Das glauben Sie nicht? Dann lesen Sie mal das: »Und warum, bitteschön«, schreibt Jan Hofer ganz ketzerisch, »reden sie in den Talkshows immer dasselbe, und warum ist das oft so langweilig?« Na? Los, Zwiebackbaby, sag's ihnen! »Ehrlich gesagt, ich weiß es auch nicht.« Na gut, das hat noch nicht richtig geklappt, aber er arbeitet daran. Ist das nicht niedlich, wie er das mit seinen kleinen feisten und glänzenden Bäckchen sagt? Jan Hofer mag sonst vielleicht nicht besonders helle sein, eins weiß er in jedem Fall, nämlich daß die Einschaltquoten über sein Wohl und Wehe als quakender Puttenengel entscheiden, weshalb er sich eine ans Herz rührende Rede an sein Publikum ausgedacht hat, worin er präventiv um Gnade fleht und bittet, denn er will doch nur geliebt werden. »Sollten Sie mich also eines Tages nicht mehr in einer Talkshow auf dem Bildschirm entdecken, haben Sie mich einfach weggezappt. Meine Kollegen und ich arbeiten hart daran, daß wir noch ein bißchen bleiben können. Und wir versichern, ständig auf der Suche nach neuen, unverbrauchten Gesichtern zu sein.« So unverbraucht und gepudert wie das von Zwiebackbaby Jan Hofer? Von dem ich weiß, daß schon bei seinen Auftritten als Nachrichtensprecher nicht wenige sehr zurückhaltende und höfliche Menschen das Bedürfnis verspürt haben, mit dem Fuß in den Bildschirm zu treten?

Man faßt es nicht, wie er sich festkrallt an seinen miesen, unnützen Job, bloß weil er sein Gesicht in die Kamera halten darf und deshalb glaubt, ganz fürchterlich wichtig zu sein, und weil er zusammen mit anderen, die diesen Irrglauben teilen, fürchterlich wichtige Gespräche simuliert und davon ausgeht, es wäre äußerst amüsant und witzig, ihm dabei zuzusehen, wie er anderen am Sack krault.

Huber, Lotti – Von mir aus dürfen Sie sich zwanzig weitere häßliche Ringe an jeden Finger stecken und sich auch weiterhin so anziehen, wie Sie sich anziehen, weil Sie das vermutlich für schrecklich schrill halten, und Sie dürfen sich von mir aus auch einbilden, daß Ihre vorsehbar vorlaut-patzige Art Sie zu einem Bürgerschreck macht, auch wenn Sie auf mich eher wirken wie eine Karikatur dessen, was alle Spießertunten sich unter einer aufgeschlossenen Oma vorstellen. Alles Ihre Sache, Lotti Huber. Aber daß Sie jetzt nahezu in jeder Talkshow herumgespenstern müssen und dabei An- und Einsichten herausplärren, die schon dem gesellschaftskritischen Niveau einer Zwölfjährigen nicht mehr würdig wären, also daß Sie uns schon seit einiger Zeit derart multimedial auf allen Kanälen mit Ihrer immerwährenden Pubertät pestilieren müssen, das geht mir doch gehörig auf den Keks, um so mehr, als bei meinem Fernseher der Abschaltknopf abgebrochen ist.

Hüsch, Hanns Dieter – Am dreihundertfünfzigsten, pardon: am dreiundfünfzigsten Hüschprogramm »Hüsch. Ein neues Kapitel«, das ich mir 1995 ansah, war neu, daß a) der Utopist und Preisträger nun, an der Pforte zum Spätwerk, tempomäßig noch einmal versierter geworden, b) die bislang doch relativ zentrale Orgel ins Periphere gerutscht und c) Jesus Christus plötzlich in Dinslaken zu Hause schien. Ebenda stieß nämlich er, Hüsch, auf diesen und fragte denn auch gleich, was der vom Papst halte. Christus' Antwort: »Wer ist der Papst?« Nicht wahr: oha; hab' ich das weithin orgiastische »Hört hört!« des meines festen Eindrucks nach ganz ausgesuchten Publikums korrekt verstanden, ward römisch-vatikanische Hybris niemals triftiger auf ihren Punkt gebracht und – decouvriert!

Weniger neu war, daß »Tüten umkippen, wie herum man sie auch an die Wand lehnt«: Das kannte jeder Hüschfreund aus Programm ein- oder zweiundfünfzig. Bedeutend älter und auch abgestanden ist die von Hüsch als ladenneu verscherbelte Quisquilie, laut welcher »Brotscheiben immer mit dem Belag nach unten fallen«.

Aber immerhin: Anderes stammte frisch aus des Rebellen Nähkästchen. Von jenen »drei Brötchen« nämlich, die beim Frühstück zwischen Hüsch und seiner Ehefrau zu teilen sind, frißt der selbsternannte Utopist und Eulenspiegel immer wieder aus Versehen zwei! Statt anderthalb; Hüsch wäre aber nicht auch selbsternannter Narr und Humanist, wiese er, Sekunden nach dem Brötchen-Knaller, nicht vollständig zusammenhangs- und skrupellos auf »Krieg« und »Hunger« hin sowie, das Weltenelend souverän zu runden, auch auf »gefolterte Kinder«, und das machte nun spätestens wahnsinnig. »Wenn wir nicht werden wie die Obdachlosen!« brüllte der m.E. zumindest Leichtverrückte dann noch drohend vor der Pause, und wem dies alles eine Spur zu unerträglich war, der machte sich, wie ich, in selbiger davon.

Jacob, Günther – Zählt zu den sogenannten progressiven »Musikjournalisten«, ohne daß jemals stichhaltig hätte begründet werden können, wieso, weshalb, warum. Wer nicht fragt, bleibt stumm. Anders Günther Jacob. Der fragt nicht, interessiert sich nicht, überlegt nicht, sondern mährt unverdrossen in linken Zirkeln herum, ruiniert durch seinen schlechten Stil eine Zeitschrift nach der anderen und ist mutmaßlich auch für den Niedergang der *jungen Welt* verantwortlich, die er jahrelang mit seitenlangen vermeintlich linksradikalen Kolumnen vollkleckerte, fürchterlich öden, quälenden Traktaten, in denen vor allem die sog. »Sprechposition« qua »Diskurstest« auf das Ausmaß der »Sprechmacht« untersucht wurde, von den Tönen, die zur Musik irgendwie dazugehören, aber noch weniger die Rede war. Hauptsache jedenfalls: Diskurs. Und Macht. Auch wenn dies die nichtigsten, kartoffelblödesten Vokabeln der letzten zwanzig Jahre kritischer Gesellschaftstheorie sein dürften. Auch wenn sie entfernt oder direkt von Foucault stammen. Oder eben drum.

Zumindest hat sich nach Jacobs stets halb wahren, halb garen »Theorien« noch jede Wirklichkeit zu richten. Dieser makellosen Hybris zum Trotz fand Jacob schon 1993 einen Verlag, der dämlich genug war, sein Kompendium »Agit-Pop« zu drucken, einen Band, für den sich nunmehr landesweit die Volkshochschulen zu interessieren beginnen, weil er »Texte zu Rassismus und Nationalismus – HipHop und Raggamuffin« versammelt, die Jacob aus solchen ebenso tiefen wie untiefen Sätzen gesampelt hat: »Auch der Ethno-Beat des HipHop bekommt einen anderen Klang, wenn er, statt vom antirassistischen Widerstand zu künden, synchron zum Takt der weltweiten Nationalismen pocht.«

Warum, klagen wir müde und geplagt, müssen aber auch ennuyierte wasserstoffblondierte weiße Plattenaufleger gleich ganze Bücher schreiben? Sag' das einer!

Jacobi, Claus – »Hier schreibt Claus Jacobi – jeden Sonnabend«, lautet der Titel einer *Bild*-Kolumne, der wohl besagen soll, daß Claus Jacobi hier jeden Sonnabend was schreibt. Wohlgemerkt: jeden Sonnabend! Das muß man sich mal vorstellen! Andere Männer schlafen sonnabends aus, frühstücken gemütlich und gehen dann bummeln oder ins Freibad. Oder in den Bau- oder Schnäppchenmarkt, um Sonderangebote zu gucken. Nachmittags ziehen sie sich kurze Hosen an und waschen den Wagen oder mähen den Rasen und hören dabei die Fußballreportagen im Radio. Am Abend werfen sie den Grill an oder veranstalten illegale Autorennen, oder sie lassen sich gepflegt volllaufen und schlafen dann in ihrem Erbrochenen ein. Nicht so Claus Jacobi. Claus Jacobi schreibt. Sonnabend für Sonnabend, Woche um Woche, viermal im Monat, jahraus, jahrein entsagt er so allen sonstigen sonnabendlichen Aktivitäten. Kaum zu fassen, daß heutzutage ein Mann zu einem solchen Opfer noch fähig ist. Fast möchte einem vor Ehrfurcht die sonnabendliche Grillwurst im Halse stecken bleiben. Aber eben nur fast.

Tatsächlich zu ersticken droht nur, wer liest, *was* Claus Jacobi jeden Sonnabend so schreibt. Dann aber eher vor Lachen. »Die Geschichte hat uns in zwei Jahrtausenden die Symptome der Dekadenz gelehrt: Faulheit, Feigheit und Selbstsucht, Genußgier, Drogen und sexuelle Perversion, Verhöhnung von Tugend, Tradition und Religion, die Lust am Laster, am Bösen und am Untergang. Alle diese Wesenszüge kommen uns bekannt vor. Sie scheinen bei uns zur Zeit eher zu- als abzunehmen. Sollten wir die Dekadenz noch nicht erreicht haben, so dürften wir ihr doch rüstig entgegenmarschieren.« Da kann man mal sehen bzw. lesen, was Jacobi sonnabends so schreibt, und in der Tat kommt einem davon einiges bekannt vor. Denselben Quatsch haben uns nämlich unsere Lateinlehrer bereits vor 30 Jahren weiszumachen versucht und uns z.B. schon damals ein dekadentes Zeitalter versprochen, auf das wir seitdem ebenso gespannt wie vergeblich warten. Was haben wir gelacht.

Ja, es sind vornehmlich so ulkige Lateinlehrerweisheiten wie diese, die Claus Jacobi jeden Sonnabend (warum eigentlich nicht auch noch jeden Samstag?) zu mitunter besinnungslosen Besinnungsaufsätzen zusammenschmiert. Ausgerüstet mit einem durchschnittlichen Kreuzwortlöserwissen – das solche wie Jacobi allerdings gern für humanistische Bildung halten –, sowie einem mehrbändigen Phrasen- und Zitatlexikon führt hier einer sein Allgemeinplatzkonzert in blöd auf, der bevorzugten Tonart saturierter alter Säcke, die ohne Not in jeder noch so behämmerten Erscheinung des Zeitgeistes gleich den dräuenden Weltensturz heraufdämmern sehen. Kolumnen-Titel wie »Der Zustand des süßen Verfaulens«, »Wir schlittern unruhigen Zeiten entgegen« oder »Die Ehe ist der Anfang aller Kultur« lassen erahnen, wohin da der falsche Hase läuft: ins pseudoapokalyptische Geraune und Geraunze nämlich über den angeblichen Verfall angeblicher Werte, wie es seit Jahrtausenden von scharlatanösen Wertewärtern und abgehalfterten Sonnabendschreibern gepflegt wird, ohne daß – abgesehen natürlich von ihnen selbst – irgend etwas wirklich Weltbewegendes vergangen oder verfault wäre.

Gern würden wir ja denken, daß sich der ehemalige *Spiegel*-Chefredakteur den ganzen Unsinn bloß ausdenkt, um sich einen oberen Rang in der Betriebshierarchie des Springer-Verlags und das damit verbundene Privileg eines Tiefgaragenstammplatzes zu sichern. Das würde seinem allsonnabendlichen Genöle einen immerhin nachvollziehbaren Sinn geben. Allein, sehr wahrscheinlich ist das nicht. Zu sehr riecht das, was er da zusammenrührt, nach jenem Käse, den man in Jacobis Kreisen »aus tiefster Überzeugung« nennt.

»Kunst kommt von Können«, phrast Claus Jacobi in einer seiner Kolumnen herum. Wir aber wollen ihm, dabei unsere kunstvoll gebratene Grillwurst gekonnt in den Senf stippend, spätestens am nächsten Sonnabend zurufen: »Du kunnst uns mal kreuzweise.«

Jünger, Ernst – Im Moment der Niederschrift dieses vor der Weltgeschichte so mickrig und unbedeutend dastehenden Lexikoneintrages ist nicht klar, wieviele Jahre sich Jünger genehmigt hat – sind es 106? 114? 643? Und wie alt mag Jünger jetzt, im Augenblick, da Sie das hier lesen, wohl wirklich sein? Wieviele Jahre hat sich Jünger unter den Nagel reißen können? Und wird er es wenn schon nicht uns, so wenigstens seinem Serientagebuch »Siebzig verweht« anvertrauen und danach der *FAZ* (Vorabdruck!) verraten?

»Letzthin hängt all- und jedes zusammen, und durch jede Öse kann ein Faden geführt, durch jedes Schlüsselloch ein Geheimnis erspäht werden«, sagt Jünger einmal. Meint er den Faden des Lebens und das Schlüsselloch zum Erfolg? Ist es jenes apokryphe Wissen um die wahren Geheimnisse ewiger Vitalität, das Jünger jedem Anwurf und jedem Wetter trotzend die Höhen der Schwäbischen Alb wieder und wieder zu Fuß erobern läßt? Ist's Jüngers Basteltrieb? »Warum«, fragt er selbst am 30.7.1990 (»Siebzig verweht IV«), »schneide ich so gern Silberpapier?« Woher sollen wir das wissen? Warum wollen wir das wissen?

Wir trauen uns nicht, diesen Berg von Fragen zu beantworten, geschweige denn zu stellen. Der Hechinger Kulturanthroposoph Wolf von Homburg hingegen besaß die Chuzpe, Jünger im Juni 1997 darum zu bitten, seine Erinnerungen an das Sparwasser-Tor 1974 schriftlich niederzulegen. Jünger ließ per Brief vom 11.7.1997 aus Langenenslingen-Wilflingen mitteilen: »Ernst Jünger dankt für Ihren Brief. Was die Autoren-Umfrage betrifft, so hat Ernst Jünger in seinem langen Leben kein einziges Fußballspiel gesehen, noch sich mit dem Spiel selbst befaßt. Zur dritten Frage: Er kann es nur bedauern, daß Nationalspielen politische Wertungen unterlegt werden. Mit freundlichen Grüßen, i.A. Georg Knapp«

Vielleicht ist es das, das Geheimnis eines langen Lebens: kein Fußball. Und keine politischen Wertungen unterlegen. Und jemand, der den Müll runterbringt und die Post macht.

Jürgens, Stefan – Stefan Jürgens wurde 1993 vom manisch lustigen TV-Sender RTL aus Versehen witzverpflichtet und leistet seitdem im sendereigenen Kindergarten »Samstag Nacht« seinen Lachersatzdienst ab. Diente sich so vom Scherzkeks der allerweichsten Sorte zum gnadenlosen Spaßterroristen hoch. Nachdem er sich auch noch den in der Lachbranche unvermeidlichen Hallo-Lustig-Blick draufgeschafft hatte, kann er heute jedem Witz das Rückgrat brechen – und tut dies auch unverdrossen mit einem unverzeihlich schneidigen Gesichtsausdruck, den er nebst einem albernen Unterlippenbärtchen als ständiges Markenzeichen zwischen den Ohren geflaggt trägt.

Auch sonst gibt sich Jürgens, der auf Grund eines offenbar berufsbedingten Lachmuskelschwundes einfach nicht mehr aufhören kann zu grinsen, reichlich ungeniert. Ohne jede Scham müllt er seit einigen Monaten eine halbe Seite der Programmzeitschrift *TV Today* zu. »Das Allerletzte« – so lautet der durchaus wahrhaftige Titel seiner »bissigen Fernsehkommentare«; die in der Tat Biß haben, wenn auch vornehmlich den in einen dampfenden Hundehaufen. Mit dem Mut einer Löwenmutter, die ihre Jungen dem Rudelführer zum Mittagessen serviert, kommentiert da Jürgens alle 14 Tage das Fernsehgeschehen, traut sich sogar an das heiße Eisen Rundfunkgebühren; wie man das eben so macht, wenn man bis zum Anschlag im Enddarm von RTL-Boß Thoma steckt. Es ist die reine Labersal, die Jürgens hier absondert, ein Kompendium für das gehobene Spießertum und die galoppierende Stammtischlerei, brauchbar höchstens als Geschwätztruhe, aus der sich immerhin der obligatorische Nervsack vom Nebentisch bzw. Peinsack aus dem Eisenbahnabteil mit reichlich neuem Geschwafelstoff bedienen könnte. »Das Allerletzte« ist jetzt in einer Auswahl sogar als Buch erhältlich. Selten wurde skrupelloser versucht, aus Scheiße Geld zu pressen.

Darüber hinaus lügt Jürgens, und zwar wie gedruckt, nachzulesen in *Die Woche*, deren Fragebogen er neulich ausfüllte. Neben so entlarvenden Selbstbezichtigungen wie »Bange machen gilt nicht« (Jürgens' Lebensphilosophie) und »Christian Schwarz-Schilling« (Politiker seines Vertrauens) log dort die personifizierte Selbstüberschätzung in Permanenz bzw. Pestilenz auf die Frage, was sie zur Verzweiflung treibe: »Permanente Selbstüberschätzung.« Dabei wirkt Jürgens, zumindest auf den Fotos, die er in immer neuen Posen von sich anfertigen und zahllos streuen läßt, alles andere als verzweifelt; eher wie ein sich ständig befummelnder Affe. Es ist zum Verzweifeln.

Auch seine peinlichste Lüge ließ Jürgens in besagter Ausgabe der *Woche* drucken, als er seinen Beruf angab: Schauspieler. Spätestens damit war er jedoch ein Fall für das Standesgericht geworden, das den »begeisterten Rockmusiker und Vater von zwei Kindern« denn auch zu dem Pausenclown degradierte, der er ist. Immerhin wurde ihm sein Geburtsort Unna als mildernder Umstand angerechnet.

Kaufmann, René alias DJ BoBo – Oft ist der Weltenlauf geheimnisvoll und dunkel. Niemand nämlich kann sich erklären, warum die am Computer zusammengestöpselte Musikmischung aus Reggae, Techno und Soul, »angereichert mit diversen Weltverbesserungsbotschaften« (*FAZ*), die als Dancefloor »ohrwurmartig aus dem Radio quillt«, Erfolg hatte, noch dazu, wenn sie von einem gemacht wird, der sich selbst BoBo nennt, als wolle er aller Welt kundtun, daß er brav, lieb und dämlich sei, ein BoBo eben, und man ihm deshalb nichts tun dürfe. Brav und artig jedenfalls hält er den Krieg für das größte Unglück, »die Guten« sind ihm die liebsten Romanhelden und »Mütter« die »Lieblingsheldinnen in der Wirklichkeit«. Brav und artig hat BoBo auf die Fragen der *FAZ* geantwortet und dabei auch sein Motto verraten: »Normal bleiben.« Zweifel an diesem Wunsch weckt höchstens das mit den »Müttern«, ansonsten ist seine Weltsicht so naiv und standardisiert, daß jedes in den Antworten auftauchende »Ich« eine glatte Lüge ist.

DJ BoBo heißt mit bürgerlichem Namen René Kaufmann, behauptet jedenfalls die *FAZ*, bzw. René Baumann, wie die *Berliner Zeitung* meint, und er stammt aus Kölliken im Schweizer Kanton Aargau. Hätten das seine Fans vorher gewußt, dann wäre René Kaufmann, Baumann, Blaumann oder wie auch immer aus Kölliken im Aargau möglicherweise nicht mal einen Gebrauchtwagen losgeworden. Jetzt ist es zu spät, gegen den Herdentrieb kommt nichts an. Nicht nur an seinen CDs verdient BoBo gut, sondern auch an speziellen BoBo-Club-Kursen, in denen seine Fans die Tanzschritte des Meisters erlernen dürfen. Bitte schön, soll er. Aber wenn er dem *FAZ*-Fragebogen anvertraut, daß sein Traum vom Glück »Friede auf der ganzen Welt« ist, dann sagt das ein Geschäftsmann, der weiß, daß nur dann der Schweizer Franken rollt, wenn er nicht durch irgendwelche Turbulenzen und Unruhen gestört wird, die die Jugendlichen auf andere Ideen bringen könnten, als sich mit seinen CDs den Kopf zuzumüllen und nach seiner Musik irgendwelche rätselhaften Verrenkungen zu vollführen. Womit übrigens bewiesen wäre, daß sich Naivität und Geschäftssinn gut vertragen.

Kempowski, Walter – Gab in der Debatte über die Rechtschreibreform bekannt, daß das »ß« nicht abgeschafft werden dürfe, weil es »Teil unserer deutschen Identität« sei. Wirklich? So schlecht ist es um die deutsche Identität bzw. um die von Kempowski mittlerweile bestellt? Muß man sich um Kempowskis Zustand sorgen? Dabei gibt es in seinem Namen gar kein ß, das ihm plötzlich abhanden kommen könnte. Und woraus bestehen eigentlich die anderen Teile der deutschen Identität? Jedenfalls nicht aus Namen wie Kempowski. Vielleicht sollte er sich vorsichtshalber in Müller umbenennen, das wäre dann zwar richtig deutsch, aber so richtig identisch mit sich wäre er nicht mehr. Tja, wie man's macht, ist es verkehrt.

Kerner, Johannes Baptist – Ein Mann wie ein Fön. Er macht viel Wind, und das auf drei Stufen: Jovial ist Stufe drei. Das ist er in seiner Talkshow, die wie er heißt, und dort kumpelt er wildfremde Leute an, die sich das gefallen lassen. Ein bißchen geht's dort zu wie auf den Kaffeefahrten, wenn es ernst wird, d.h. wenn es um die Frage geht, wie drehe ich den Tanten die Heizdecke an, obwohl sie schon ein Dutzend besitzen? Kein sehr netter Anblick, aber es gibt Leute, denen das gefällt, und die brauchen dann einen Johannes B. Kerner. Stufe zwei heißt witzig und frech. Das versuchte er als Sportmoderator in »ran« zu sein und demnächst wird er seine Witze im ZDF auskübeln. Witzige Bemerkungen und freche Aperçus waren in »ran« sein Spezialgebiet. »Ist das nicht witzig«, sagte er, und alle hielten sich den Bauch und patschten begeistert in die Hände. Leider fällt mir gerade der Witz nicht ein. Aber das ist egal, denn ob es ein Witz war oder nicht, das »entscheiden andere«, meint Kerner, wie übrigens auch, ob er überhaupt Moderator ist oder nicht. Oder ob die Show »okay« war oder nicht. Ob es ihn überhaupt gibt, oder ob er nur ein Gummibärchen ist, wie Fritz Eckenga einmal vermutet hat. Entscheidet alles der Zuschauer. Damit möchte Kerner nämlich nichts zu tun haben. In diesem Fall ist es besser, keine Meinung zu haben, denn er könnte sonst als Trottel gelten, als einer, der das ganze Gewürge nicht nur mitmacht, sondern auch noch gut findet, und zwar super gut. Oder man könnte ihm das als Einbildung auslegen, was nicht sein muß, wenn sie ihm sowieso aus allen Knopflöchern tropft. Also understatement, und dafür gibt es den Fön mit der Stufe eins: den netten kleinen Jungen, dem man gerade den Schnuller abgenommen hat, ein bißchen trotzig und jengelig, aber nicht zuviel, nur ein ganz klein wenig. Einer, dem nun weiß Gott niemand böse sein kann. Das ist die Stufe der Selbstdarstellung, die Stufe des Gelackten und Geleckten.

»Sind Sie nett?« fragte ihn die Tante vom »Spiegel-TV«. Und Kerner überlegte und überlegte. Jetzt was Schlaues, aber es fiel ihm nichts ein. Na gut, dann ein zart hingehauchtes »Ja« und – wenn schon, denn schon – ein aufmüpfig trotziges »Ja doch: Ich bin nett!« hinterher. Dann die Bubi-Masche mit neckischem Lächeln und verlegenem Mit-der-Hand-durch-die-gefönten-Haare-Streichen: »Mann, hört sich jetzt doof an, aber« – der Mann steht zu seinem Wort – »ich bin nett«. Aber nur nett sein, das senkt den Marktwert, scheint es Kerner langsam zu dämmern. Also muß er gegensteuern: »Aber ich kann auch ein super Arschloch sein!« Nein, echt? »Und zwar ein mega super Arschloch!« Aber nicht doch! Nur warum, das möchten die vom »Spiegel-TV« und wir jetzt schon wissen. Da sitzt er in der Sackgasse, und sein Blick irrlichtert, als suche er auf dem Teleprompter nach einer einleuchtenden Begründung, warum er ein »super mega Arschloch« ist. Ich könnte ihm da ein paar Tips geben, aber selbst wenn ich nicht weit weg vom Ort des Geschehens sitzen würde, ich würde ihn schmoren lassen und warten. Tja, warum also? »Zum Beispiel, wenn ich am Telefon sage, ich rufe zurück und denke gar nicht dran.« Oooch! Bloß deswegen? Ist das nicht ein bißchen arg dünn? Aber so sind sie halt, die Moderatoren, große Klappe und nix dahinter, einmal richtig nah an der Wahrheit dran gewesen und sich dann doch wieder kräftig auf die Schulter geklopft.

Kiesbauer, Arabella – Wenn Arabella Kiesbauer über sich spricht, dann möchte sie nicht von etwas gestört werden, das sich »Denken« nennt. Arabella Kiesbauer nennt diesen Vorgang »einmal unreflektiert denken«. Ließe sich aber nicht auch sagen: »denken, ohne zu reflektieren« oder »reflektieren, ohne zu denken«? Oder dachte Arabella Kiesbauer nicht vielmehr daran, das reflektiert so, daß ich mich gar nicht konzentrieren kann, weshalb sie dann das Licht ausknipst? Vielleicht fragte sie aber auch, sollte ich nicht mal meinen dauernden Reflex zu plappern einstellen? Weil sie sich der Illusion hingibt, dann in aller Ruhe denken zu können? Man weiß es nicht. Man steckt nicht drin. »Aber ist es denn ein Wunder?« fragte schon Nina Hagen. Nach »über tausend Themen in drei Jahren mit vielleicht viertausend Gästen!« Manchmal, wenn sie sich dann »abends mit bleierner Zunge und leergetalkt ins Bett« fallen läßt, dann denkt sie ein bißchen unreflektiert: »Wie machst du das eigentlich, wie hältst du das durch?« Das interessiert uns allerdings nicht besonders. Uns interessiert: Wie halten die Zuschauer das durch?

Kirchhoff, Bodo – Schreibt unter Pseudonym Theaterstücke, weil nicht jeder Kritiker über seine klebrigen Romane und sein schwül-feuchtes Tagebuch aus Somalia in Begeisterung ausbrechen mochte. Als sein Pseudonym aufgeflogen war, hat ihm der *Spiegel* drei Seiten für eine Selbstdarstellung zur Verfügung gestellt, in der er sich darüber beklagen durfte, daß die Lüftung des Pseudonyms schließlich dazu geführt habe, daß »der Text, so empfinde ich das, [...] regelrecht gefickt [wurde]«. Einen Text ficken? Wie geht das? Da wäre Aufklärung dringend erforderlich gewesen. Aber wie so oft hat der *Spiegel* diese doch ganz entscheidende Frage nicht gestellt.

Klinke, Johnny – Er trägt die Fliege wie kein Zweiter, gravitätisch, selbstbewußt, und hüllt sich in dunkle Anzüge, um Eleganz vorzutäuschen, wo doch zehn Heimspiele der Frankfurter Eintracht allemal kurzweiliger sind als sämtliche »intelligente« Unterhaltungsturnübungen des Klinkeschen *Tigerpalast*-Ensembles. Chef der städtischen Varietékleinkunst, der er ist, wirft sich Klinke in Staatsmännerposen, wenn das Fernsehen beim wohl wichtigsten Kulturmanager der »Metropole« Frankfurt am Main vorspricht – und dann palavert er mit bewunderungswürdiger Aufdringlichkeit über Frankfurts schlechthinnige Vorrangstellung in der europäischen Welt (Geldwirtschaft, Museumstheater, Kulturetat usf.); sowie über seine eigene dramatische Bedeutung, seine für Frankfurt so unschätzbare wie unverzichtbare stadtkulturpolitische Kompetenz, Brillanz und Eminenz. Denn er ist einer der Größten – einer der größten Deppen, die in Frankfurt seit etwa 1968 oder 1973 das öffentliche Feld bearbeiten, da Hilmar Hoffmann den Startschuß zum allgemeinen Kultur-Gesülze gab.

Den Reigen der Frankfurter Eitelkeitsmöpse, Lügner und Standort-Ideologen führt der Ex-Joschka-Koenig-Bendit-Kampfgefährte und -WG-Genosse an, dessen ausgemachter Sinn für lautstarkes PR-Geochse in die klarste Geistesniedertracht übergeht, wann immer (und das heißt: immerzu) er sich als Phrasenstreuer betätigt: »Standort-, mehr noch Lebensfaktoren des Urbanen« wie die »kulturellen Prachtbauten am Museumsufer« müßten, quoll es da zum 175. Geburtstag der Frankfurter Sparkasse aus ihm heraus, durch »Mäzenatentum mit unbürokratischem identitätsstiftendem Bürgersinn« gestärkt werden, und weil »in keiner deutschen Großstadt so viele internationale Energien versammelt sind«, sei es allerhöchste Zeit, »einen Klimawechsel zu inszenieren«, »eine international orientierte Debatte [...] wird« – ja was? Raten Sie mit? Nein? Ich sag's: »wird die Perspektion [sic!] eröffnen für eine neue Balance zwischen ...« brumpfbrumpfbramm.

Wir müssen schließen. Wie sagt doch der neben Klinke wahrscheinlich wichtigste Mann des »global operierenden Finanzzentrums« (OB P. Roth), Keltereiinhaber Günter Possmann, ein Ungetüm, das mit dem irrtümlich als »Getränk« eingestuften Äppler sein eigenes und das Denkzentrum vieler anderer prominenter Frankfurter vernebelt? »Das ist der Stoff, aus dem die Perspektive Zukunft erwächst. [...] Dem Tapismus gehört keinesfalls die Zukunft.« Tapismus? Dem Tapismus?

Dem sicher nicht.

Klose, Hans-Ulrich – Ein Denker soll Hans-Ulrich Klose sein, hat *Bild* behauptet, blieb aber den Beweis schuldig. Ein Dichter soll er auch sein. Und zwar ein echter Dichter. Hat wieder *Bild* behauptet. Diesmal ist *Bild* den Beweis nicht schuldig geblieben. Und auch Klose dachte wohl, er müsse den Beweis antreten, daß er eben nicht dichter als seine Kollegen ist, als er deren und das eigene traurige Familienschicksal in Verse meißelte: »Du an der Tür, / die Bluse kaum verhüllt das ergraute Fleisch, / warm noch die Lenden, / in deinem Haar / Geruch von Bett und anderem Mann.« Huch, geht ja ganz schön zu bei den Politikern! Nett ist das nicht: Da schuppert sich Klose zwölf Stunden am Tag als Bundestagsvizepräsident für das Gemeinwohl ab, kommt müde nach Hause und dann so was: Da hat der Postbote bereits zweimal geklingelt, und eine Frau macht auf, die nicht mal die Bluse richtig zuknöpfen kann. »Du, schmutziger Leib«, klagt Klose die auf frischer Tat Ertappte an, »weißliche, wunde Stätte. / Ich mag nicht mehr.« Geht mich ja eigentlich nichts an, aber ist es wirklich schon so schlimm? Es kommt jedoch noch dicker, denn irgendwie scheint Klose das – Udo Jürgens würde sagen – welke Fleisch doch noch zu stimulieren, ja förmlich heiß zu machen: »Unten« nämlich »pocht mir der Ekel / heiß im Geschlecht.« Das Gedicht endet hier, und das ist auch gut so, denn mehr will man dann doch nicht wissen.

Koschwitz, Thomas – Verkörperte Pleite und unerträgliche Quietschbombe. Vom Late-Night-Conférencier zum »Hast Du Worte?«-Moderator auf Sat.1, jeden Werktagmorgen zwischen 10 und 10.30 Uhr: ein mächtiger Absturz, ein Wanderfalkensturzflug ohne elegante Landung. Nun muß der ehemalige HR-Radiomann die abgetragenen Sakkos von Dieter Thomas Heck überstreifen (es spannt a bisserl) und das »Pyramide«-Remake über die Werbepausen retten – mit den Sätzen: »Bewerben Sie sich! Schreiben Sie an Sat.1!«, »Die Spannung steigt!« (das, merkt man gleich, glaubt er selber nicht), »Achtung! Fertig! Los!« und »Dankeschön fürs Mitspielen!«

Er ist eine elende und dröhnend nervende Gestalt, die durch unglückliche Umstände zum TV gekommen ist und nun, verbissen wie der Terrier in die Wade, nicht mehr loslassen kann. Er gluckert über vorbereitete Grundschülerwitze und unterhält sich mit seinen Gästen über ihren Beruf, ihren Beruf und ihren Beruf. Tranig sitzen nebendran Maren Gilzer und Hans Meiser.

Gäbe es Gott, er ließe es nicht zu.

Kramm, Heinz-Georg – Kennen Sie nicht? Aber 98% der Bundesbürger kennen ihn, und 59% bezeichnen sich als seine Fans! Er hat mehr als 30 Millionen verkaufter Tonträger auf dem Gewissen und ca. 1000 Lieder eingesungen! »Dann habe ich einfach losgesungen. Die Menschen, die eben noch aus vollen Lungen gepfiffen hatten, begannen zu schunkeln. Mütter hielten ihre Kinder hoch, mir entgegen. Männer weinten, ich sah es genau«, schreibt der Mann in seiner Biographie. Das war am 18. März 1990 in Dresden. Zwischen 120.000 bis 150.000 seien dagewesen, behauptet Heinz-Georg Kramm, aber als er nach Veranstaltungsende noch mal auf die Bühne ging, um den armen Ossis ein paar Autogrammkarten zu schenken (die hatten ja sonst nichts), die er im voraus signiert hatte (»sonst wird man nie fertig«), da war niemand mehr da. »Die Dresdner hatten sich ebenso lautlos, wie sie gekommen waren, davongemacht.« Merkwürdiges Völkchen auch. »Ich sah, daß der Platz völlig sauber war.« Na immerhin.

Jetzt hatten die Ossis bekommen, was sie immer wollten: das Heinz-Georg Kramm. Denn »das war für die Roten sozusagen ein schwarzes Tuch. Sie diffamierten mich als Faschisten, nur weil ich Lieder der bündischen Jugend sang.« Echt üble Geschichte. Und empört setzt Heinz-Georg Kramm noch einen drauf: »Es kann doch nicht sein, daß ich mit brauner Farbe abgestempelt werde, nur weil ich schöne deutsche Lieder singe, die andere Sänger nicht wahrhaben wollen.«

Nein, kann eigentlich nicht sein. »Die Rechten« nämlich, also Heinz-Georg Kramm meint jetzt »die Neonazis, [die] haben ein ganz anderes Repertoire als ich. Die können mit meinen Liedern nichts anfangen, sich nicht mit ihnen identifizieren.« Nein? Aber warum nicht? Was stimmt nicht an den drei Strophen des Deutschlandliedes, die Heinz-Georg Kramm auf besonderen Wunsch des damaligen Ministerpräsidenten von Baden-Württemberg, Hans Filbinger, gesungen und auf Platte gepreßt hat? Mögen die Nazis das nicht mehr? Verstehe das, wer will!

Na schön. Man muß ja auch nicht alles verstehen. Aber folgendes wird Sie vielleicht noch interessieren: »Man fragt mich immer wieder: Sind Ihre Haare wirklich so blond? Dann sage ich: Ja. Ich bin naturblond, habe nur wenige Haare. Und dann fragt man: Tragen Sie eine Perücke? Dann sage ich immer: Nein! Denn ich trage keine Perücke – ich trage ein Haarteil, etwas ganz Kleines oben drauf.« Na? Haben Sie's gewußt? Von dem ganz Kleinen oben drauf? Und unten drunter? Ist da auch was? Was ganz Kleines?

Erich Mielke sagte einmal zu seinem Volk, ganz zum Schluß, als es zu spät war: »Aber ich liebe euch doch alle!« Die Autobiographie von Heinz-Georg Kramm heißt »Und sie lieben mich doch«. Der Unterschied zwischen Sozialismus und Kapitalismus, hier ist er auf den Punkt gebracht.

Kroetz, Franz Xaver – Kroetz war nie ein schwieriger Fall: erledigt schon, bevor er die erste Zeile zu Papier gebracht hatte, blamabel bis auf die Knochen, noch bevor er in den siebziger Jahren zum (vor Brecht) meistgespielten Dramatiker avancierte. Seine bayerischen Krachbuchscharaktere mißverstand der Kulturbetrieb jedoch jahrelang als sozialkritisch inspirierte Figuren (und Interventionen wider den Staat!) – was mitnichten stimmte noch stimmt. Das gravierende Fehlurteil, Kroetz sei ein politischer, bedeutender und gar guter Schriftsteller, erfreute sich lang anhaltender Beliebtheit; kein Wunder, war Kroetz (wie sein heute gleichermaßen besinnungsloser Kollege Martin Walser) doch öffentlichkeitswirksam der DKP und ihren Parolen beigetreten, falls man Parolen beitreten kann.

Kroetz kann. Kroetz, der »Musenficker« (Wolfgang Schneider), kann Parolen bei- und sein karges Repertoire an Sätzen breittreten: Er wurde schließlich, weil er noch kürzer dachte, als seine Figuren einst sprachen, *Bild*-Kolumnist und gab, sich selbst duplizierend, für Helmut Dietl den Gesellschaftsreporter Baby Schimmerlos, eine Rolle, kolportierte die *FR* (5.7.1997), die ihn – wir glauben's ja nicht – »zwei Jahre seines Lebens kostete«.

Vor allem aber kann Kroetz immer. Darüber informierte 1991 neben dem Reisebericht »Brasilien-Peru« auch seine letzte Suhrkamp-Publikation, das »Nicaragua-Tagebuch«, in dem es ansonsten um Kroetzens Stuhlgang geht: »Neuer Tag, wir sind sehr früh geweckt worden, ich habe nur Nescafé runtergebracht und anschließend ausführlich geschissen, damit wir unsere Fahrt nicht dauernd unterbrechen müssen. [...] Bei der Laguna Moyúa machen wir halt, und ich muß NICHT scheißen.« Wäre NICHT der überraschend passable Roman »Der Mondscheinknecht« gewesen, Kroetz hätte schon früher bei Suhrkamp ausgeladen werden müssen. So aber rang sich Boß Unseld senior erst Anfang der neunziger Jahre durch und schmiß den gesammelten Kroetz-Kram aus seinem Programm.

Zornig und grollend landete der Gedemütigte, zunächst pressemäßig laut und lästig, aber wirkungslos gegen seinen ehemaligen Patron vorgehend, beim Rotbuch Verlag, der, um dem Neuankömmling und Star eine Freude zu machen, den von Schwiegermutter Maria Schell angepriesenen »Lyriker Kroetz« und seine »Gedichte eines Lebendigen« (123 S.) wegdruckte. Hier, mit diesen erschreckend schlichten, furios schlechten Strophen rundet sich die poetische Existenz des Xaverfranz, »einem der vitalsten deutschen Autoren« (Rotbuch), vorerst ab. Kostprobe?

»GEDENKMINUTE FÜR ULRIKE MEINHOF – Hamburg, 13. Mai 1991: Ich lese BILD, / weil sie auch im In- und Ausland / über politisches Geschehen / und Sport umfassend informiert. / In schlichtem, aber authentischem / deutsch von: Kurt Rebmann, / Ex-General-Bundesanwalt.«

Warum Kroetz das aber macht? Nun, »was bleibt dem engagierten Schriftsteller nach dem Ende des Sozialismus [...]?« Nichts, und mehr als das: »Zwischen Larmoyanz und Furor, Resignation und Trotz« nichts denkend das Nichts dichten. »Und ich bin doch ein Dichter / über zwanzig Jahre schon / in Deutschland / wo sie rar sind und / schnell sterben«, raunzt er hinterher. »Jeder gute Satz / war ein Sieg.«

Krone-Schmalz, Gabriele – Es ist uns ein Heiland erstanden, resp. eine Heilandine; oder gar eine Heilandeuse? Oder wie sagt man da? Endlich steht eine wakkere Frau auf wie Phönix aus der Flasche, die erfrischend unkonventionelle Denkanstöße und Lösungsvorschläge für existentielle Probleme unserer Gesellschaft anbietet, die Fragen stellen möchte, möglichst die richtigen, und gleich darauf antworten will, was wir nicht öffentlich zu äußern wagen. Jawohl, die Moderatorin des »Kulturweltspiegels« stellt unsere Republik auf den Prüfstand. Wir haben uns nämlich in eine Erpressungs- und Schuldzuweisungs-Demokratie hineinmanövriert, die Gruppeninteressen schamlos als Allgemeinwohl verkauft, die Konsens mit faulen Kompromissen verwechselt und Bürger mit runden Tischen einlullt, an denen grundsätzlich nur diejenigen versammelt werden, die ein Interesse daran haben, daß alles so bleibt, wie es ist. Resignation und Bequemlichkeit allewege. Das ist ja furchtbar. Jetzt mal ehrlich: Können wir es schaffen? Gibt es Wege aus der Sackgasse – auf dem Arbeitsmarkt, beim Steuerchaos, in der Rentenkrise, im Gesundheitssystem? Beim Gott! Wir können es schaffen. Mit Ideen und Mut aus der Krise. Von Gabriele Krone-Schmalz (Econ 1997). Wurde aber auch Zeit.

Krug, Manfred – Dem Glatzendarsteller Manfred Krug fällt das Verdienst zu, die Rollenfächer des deutschen Komödiantentums um das des albernen Kumpels bereichert zu haben. Seine größte Leistung aber wird sein, daß es spätestens mit seinem Ableben wieder aussterben wird. Gut so! Bis dahin jedoch dürfte noch eine Menge laues Blut im »Tatort« fließen, in dieser mittlerweile zum Kriminalistenstadl abgehalfterten Krimireihe der ARD, in der Krug als NDR--Kommissar Stöver im Kumpelpack mit seinem Kollegen Brockmüller (von dessen fusseligem Darsteller Brauer stets als eine Art Grandseigneur der Breitcordhose angelegt) bereits seit Jahrzehnten den Affen gibt. Und als ob die anbiedernde Launigkeit der beiden öden Polypen nicht schon unerträglich genug wäre, dürfen sie neuerdings pro »Tatort«-Episode auch noch mindestens eine Szene lang singen. In ästhetisch gefestigteren Zeiten hätte so was zum Sturz des verantwortlichen Intendanten geführt. Heute löst es jedoch rundum die schiere Begeisterung aus. So ließ sich beispielsweise das greise und geschmacklich auch sonst eher inkontinente TV-Kritikerinnen-Kränzchen der *Süddeutschen Zeitung* durch die gesangsartigen Einlagen der beiden Strickjacken zu einigen selten spitzen Entzückensschreien hinreißen, anstatt, wie es selbstverständlichste Kritikerinnenpflicht ist, die Verantwortlichen daran zu erinnern, daß in Krimis, wenn überhaupt, nur die Ganoven singen.

Wer aber glaubt, Faxenmacher Krug habe als singender Kumpelbulle seinen Belästigungshöchststand bereits erreicht, irrt. Denn wenn erst die Telekom, wie neulich angedroht, eigene »Programmpakete« (Telekom-Boß Ron Sommer) durch ihre TV-Kabel jagt, wird's für den penetranten Sympathen mit der hohlen Stirn mehr denn je zu tun geben. Schließlich hat sich der Mann schon als offizielles Maskottchen der T-Aktie sowie als skrupelloser Telekom-Terrorist in zahllosen Reklamefilmen dem Telefonkonzern ordentlich angedient, so daß der gar nicht anders können wird, als Manfred Krug exklusiv für sein Fernsehprogramm zu verpflichten. Und so sehen wir es bereits vor unserem geistigen Auge heraufflimmern: Telekom-TV, wie es flächendeckend zum Sunshine-Tarif von 12 Pfennig die Einheit daheim sowie in öffentlichen Münzfernsehern auch draußen zu empfangen sein wird, mit ausschließlich Manfred Krug in sämtlichen Kumpel-, Sprech- und Singerollen. Als Hauptdarsteller zum Beispiel in Spielfilmen, die »Der Kommunikator« heißen oder »Die Drei von der Telefonzelle«, als Vorturner der potentiellen Spiel-Show »Ruf doch mal an!«, als Moderator des Feierabendmagazins »Die Wählscheibe«, als Präsentator von »Die schönsten Telefonnummern Deutschlands« oder als Jugendwart im »Ron-Sommer-Team«, einer Aufklärungsreihe für Teenager, in der die Frage »Macht Telefonie krank?«, aber auch Themen wie »Das erste Mal verwählt« oder »Telefonsex« behandelt werden dürften. Eine Vision, die nur etwas von ihrem Schrecken verliert, wenn man bedenkt, wie oft nach den bisherigen Erfahrungen mit der Telekom Krugs Stimme aus dem Fernsehlautsprecher quäken wird: »Unsere Sendeplätze sind zur Zeit alle belegt. Bitte versuchen Sie es zu einem späteren Zeitpunkt noch einmal.«

Kruse, Axel – »Die Fans stehen zu uns, die Zeiten des Kommunismus sind vorbei«, lautete das kryptische Fazit Axel Kruses aus den ersten vier Spielen von Hertha in der 1. Bundesliga, zwei mageren Pünktchen und dem letzten Tabellenplatz. Das hieße: Gäbe es den Kommunismus noch, würden sich die Fans verdrükken, weil sie keine Lust hätten, sich das öde Gekicke länger anzutun. Oder anders: Gäbe es den Kommunismus noch, müßten die Spieler Leistung bringen, damit ihnen die Fans nicht davonlaufen, der Kommunismus wäre also quasi ein Garant für hohe Spielkultur. Axel Kruse muß es ja wissen, er hat 1989 von Rostock rübergemacht und hat sich sowohl bei Eintracht Frankfurt als auch beim VFB Stuttgart darum bemüht, die spielerische Qualität zu senken. Und daß im Kapitalismus die Fans so knülle sind, zu Hertha zu halten, egal wie grottenschlecht sie spielt, dafür ist natürlich Axel Kruse besonders dankbar.

Küpper, Mechthild – »An Egon Krenz wirkt alles irgendwie rumänisch: die schwarzen Augenschatten, die langen Zähne, die leichten Slipper und die krustige Krawatte zum hellen Anzug«, schrieb die neue Expertin für Rassekunde und Mode im Modernden Leben der *Süddeutschen Zeitung*. Bloß, was sind krustige Krawatten? Werden die dort unten als Lätzchen verwendet, um die Essensablagerungen dann als ein Zeichen für Wohlstand zur Schau zu tragen?

Kunze, Heinz Rudolf – Heinz Rudolf Kunze ist ein Osnabrücker Sänger, dessen Lieder man nicht allzuoft im Radio anhören muß. Das will Heinz Rudolf Kunze dringend ändern: Gemeinsam mit dem »Deutschen Rock- und Popmusikerverband« forderte er 1996 eine

Radioquote von 40 Prozent »für Produktionen einheimischer und insbesondere deutschsprachiger KünstlerInnen« – ein Ansinnen, das von vielen seiner Kolleginnen und Kollegen wie z.B. Udo Lindenberg unterstützt wird, deren Karrieren auch schon mal besser liefen.

So oft schon hat sich Kunze um Kopf und Kragen geredet, daß vom Kopf nicht mehr viel übrig ist. Mitte Juni 1996, im Interview mit dem *Spiegel*, sprach es jedoch erneut aus dem schäbigen Rest. Kunze stellte vollmundig klar, daß es ihm nicht schnöde um – ganz legitime – eigene kommerzielle Interessen gehe, sondern leider nur um Großes zu tun sei, um Deutschland und die deutsche Identität, die er, wie der von ihm gelobte Martin Walser, »nicht dem rechten Rand überlassen« wolle. Etwas knapper gesagt: Kunze und Walser können den rechten Rand nicht halten.

»Ich habe den Eindruck, daß gerade in Deutschland und in Japan, in den Verlierernationen des Zweiten Weltkriegs, die Flut von ausländischer Musik und eben auch von ausländischem Schund besonders widerstandslos geschluckt wird«, quoll es vegetativ aus Kunze heraus. Nach der von anderen Leuten behaupteten »Flut von Asylanten« droht laut Kunze »die Flut von ausländischem Schund«, und wer sich solcher Rhetorik bedient, darf sich nicht wundern, wenn man ihm sagt, wie sein Gerede klingt: Wie »Deutsche wehrt euch!« – so, wie sich andere Deutsche ja auch schon gegen das wehrten, was sie dann u.a. »verjüdelte Niggermusik« nannten.

Die vom *Spiegel*-Interviewer eingewandte »Skepsis vieler Deutscher gegen staatlich verordnete Deutschtümelei« findet Kunze »nicht mehr berechtigt, sondern ziemlich krank« – rundum gesund ist dagegen, wer am Volksempfänger strammsteht, »Heil Herzilein!« schmettert und vollends aus dem Reihenhäuschen gerät, wenn Heinz Rudolf Kunzes Lyrik ertönt, z.B.: »Sie sitzt am längeren Hebel / mein Herz hat Bodennebel.« Oder es wie Kunze »nicht böse gemeint« findet, wenn ein Ole Seelenmeyer vom Deutschen Rockmusikerverband vom »Genozid an der deutschen Rockmusik« labert, als würde man ermordet, wenn man nicht rund um die Uhr im Fernsehen und im Radio gespielt wird. Kunze nannte den Vergleich mit anderer Leute Leiden, Qual und Vernichtung verständnissinnig »verbalen Punk«, als ob er wüßte, was das ist. Was soll schon dabei herauskommen, wenn ein Schnäuzerträger über Punk redet?

Daß Heinz Rudolf Kunze, ehemals Besitzer einer nachweislich tödlichen Dogge, den rechtsradikalen Kampfquark von der bedrohten kulturellen Identität auftischt und dabei von anderen, nicht minder öden Deutschrockern unterstützt wird, kann niemanden überraschen, der die Platten dieser Leute einmal gehört hat: Wenn die Propagandisten der eigenen Mittelmäßigkeit nicht mehr weiter wissen, entwickeln sie ein feines Gespür für das, was aktuell gerne gehört wird, greifen nach jedem Strohhalm und springen auf die Sau, die gerade durchs Dorf wetzt. Diesen opportunistischen Akt nennen sie dann wie Kunze »einen wichtigen Gedanken« und gerieren sich als Opfer, die »Ohrfeigen« bekämen, obwohl sie doch die Volksgemeinschaft hinter sich wissen.

All das ist nicht neu; originär unappetitlich an Heinz Rudolf Kunze ist allerdings, daß einer, der sich seit Jahren auf Elvis Costello und die Kinks beruft, ohne daß man seiner Musik davon auch nur das Geringste anhörte, auch sein deutschnationales Geknurre noch im Namen anderer ausstößt: »Mir geht es um Schrägdenker und den Nachwuchs wie Die Sterne, Mastino und Blumfeld aus Hamburg oder Caspar Brötzmann und Element of Crime aus Berlin, die in den Medien nicht gehört werden«, behauptete Kunze im *Spiegel* und versuchte, andere Leute zu sich herabzuziehen bzw. sich bei deren jungem Publikum anzubiedern – ganz so, wie er sich schon bei der SPD als Hymnenschreiber angekumpelt hat.

Es wäre schön gewesen, wenn die von Kunze – ganz selbstverständlich ungefragt und ungebeten – vereinnahmten Musiker sich sein »Deutschland!«-Gekeife ebenso nachhaltig verbeten hätten wie die Jovialbeleidigungen »Schrägdenker« und »Nachwuchs«.

Wenn Heinz Rudolf Kunze den Mund aufmacht, weht ihm eine üble Deutschland-Fahne voran. Und einen Musiker, der nichts kann und der nichts taugt, erkennt man an seiner Mitgliedschaft im »Deutschen Rock- und Popmusikerverband«.

Lauda, Niki – Ehrenvoll ist es, mit 300 Stundenkilometern in die nächstbeste Leitplanke zu rasen; eine wahre Wonne aber, Niki Lauda im Fernsehen zu sehen, das rote Käppchen auf der Stahlplatte im Schädel, die Bruderniere unter schon gut verheilter Narbe bestens angewachsen, die Brandnarben zu einem optimistischen Lächeln verzogen und von Sicherheit im Rennsport faselnd. Da geht echt nichts drüber.

Lauterbach, Heiner – Einmal steht er als Vorprogramm des Kampfes zwischen Dariusz »Schläger« Michalczewski und Virgil Hill im Ring, und gleich kriegt er Prügel, der Heiner Lauterbach. Und zwar vom Publikum, das sich zur Wehr setzte, als Heiner Lauterbach es mit dem »Boxer Blues« traktierte. Aber der Lauterbach hält was aus! Da konnten die Zuschauer noch so johlen und pfeifen. Rauh und rauchig ließ er seine Stimme den Blues schnorcheln, oja, den Blues,

Baby. Ein Blues, so einfach wie das wirkliche Leben, gemixt nach dem Rezept: Hier ein Strich, dort ein Strich, und fertig ist das Mondgesicht. In der Übertragung Lauterbachs klang das so: »Du bist ein Boxer. Und ich bin stolz auf Dich. Das ist der Boxerblues.« Blubb. Das ist der Boxerblues? So einfach geht das? Noch einen Reim? Gern: »Ich seh' Dich Seilchen springen. Ich seh' Dich alles bringen. Ich seh' Dich hart trainieren. Ich seh' Dich Fäuste bandagieren.« Und ich seh' *Dich* das Gesicht verziehen, Lauterbach. Warum eigentlich? Ist *Dir*, wie die *Süddeutsche Zeitung* vermutet hat, eine Trainingshantel auf den großen Zeh gefallen? Oder war's das Hühnerauge? Männer wie *Dich* haut das nicht um, Männer wie *Du* nehmen »Symonale«, die Potenzpille, damit er sich wieder aufrichtet, wenn er mal auf dem Set oder im Ring schlapp macht, der Heiner. »Symonale«, klärt *Bild* auf, wurde an 100 Männern mit Potenzproblemen getestet, mit dem Ergebnis, daß »sich der Penis besser aufrichtete und an Umfang deutlich zunahm«. Genau das Richtige für den echt toughen Typ, für den Marlboro-Mann aus München, wenn er auf seinem Porsche in den Sonnenuntergang hinausreitet. »Ich nehme die Männlichkeitspille«, trötete Lauterbach in die Welt der *Bild* hinaus, »weil ich damit viel für meine Kraft und Vitalität tue. Wer das tut, der hat auch mehr Sex-Appeal. Und keine Frau ist enttäuscht. Meine Erfahrung ist: Frauen wissen es zu schätzen.« In »Rossini« mußte er sich die verstopfte Gudrun Landgrebe mit einem Künstler teilen. Nicht gerade der Hit. Aber vielleicht heißt die nächste Komödie von Helmut Dietl, für die sich Lauterbach schon mal bewirbt, »Jetzt besorg ich's allen Weibern«? Darauf jedenfalls deutet ein Plakat hin, auf dem sich Lauterbach als Busengrapscher abbilden ließ.

Lind, Hera – Möchten Sie wissen, was für Hera Lind »das Leben« ist, »wie es spannender und reicher nicht sein könnte«? Dachte ich mir, daß Sie das wissen wollen. Bitte sehr. Das Leben, wie es spannender und reicher nicht sein könnte, spielt sich unmittelbar vor Hera Linds Talkshow »Hera Lind und Leute« ab: »Ich stehe in der Gasse und lehne den Schluck Wasser ab, den die Requisiteurin mir mitleidig reicht: jetzt bloß keinen Lippenstift mehr verschmieren. Jetzt wird es ernst. Jetzt wird sich konzentriert, jetzt stehe ich ganz im Dienst der Sache. Und mit mir vierzig andere Menschen vor und hinter den Kulissen. Die rote Lampe über der Studiotür, die absolute Ruhe auf der Bühne und im Publikum, das gespannte Gesicht des Dirigenten [...] das ist das Leben, wie es spannender und reicher nicht sein könnte.« Wirklich? Das soll das Leben sein, wie es spannender und reicher nicht sein könnte? Ehrlich, ein bißchen mehr hätte ich schon vom Leben der Hera Lind erwartet, das von soviel emphatischem Blabla und Tralala begleitet wird. Daß jemand darauf achtet, den Lippenstift nicht zu verschmieren, kann man ja noch verstehen, aber bislang habe ich nicht mal im Traum daran gedacht, daß sich dieser Art von Tätigkeit ein besonderer Nervenkitzel abgewinnen läßt. Bleibt noch die Sache, in die sich Hera Lind in ihrer Talkshow quasi knietief reinkniet. »Angst vorm Alter«, »Die Erwachsenen von morgen« und »Berufstätige Mütter« lauten die schnarchsackigen Themen beispielsweise und muffeln doch mehr nach eingeschlafenen Käsefüßen als nach dem Leben, wie es spannender und reicher nicht sein könnte. Aber irgendwie paßt es dann doch, daß ausgerechnet Hera Lind, die mit ihren Bestsellern vom »Superweib« für ein duftes, flockiges und flottes Leben trotz Doppelbelastung steht, die kleinbürgerliche Hölle für das Leben hält, wie es spannender und reicher nicht sein könnte.

Lippert, Wolfgang – »Lippert spricht«, hieß die Überschrift in der *Berliner Zeitung* – und das war genau die Nachricht, die wir befürchtet haben. Lippert war in letzter Zeit so angenehm still geworden. Nur ein paar Rentner auf Kaffeefahrten rund um die Berliner Seen haben den mürben Scherzkeks noch erdulden müssen, aber auch nur, weil es Kuchen gratis gab.

Lippert – er nannte sich freiwillig Lippi, weil es immer besser ist, als infantil denn als bescheuert zu gelten – hat eine prototypische Karriere als zonengeschädigter Ranschmeißer und Jammerossi hinter sich. Mit seinem volksdümmlichen Stampflied »Erna kommt, Erna kommt wieder, ja Erna kommt« hatte sich der Arbeiterkader als Autodidakt die DDR erobert, was sehr einfach war: Man brauchte nur eine Baseball-Kappe verkehrt herum und genau das Grinsen aufzusetzen, das den Optimismus des sozialistischen Hauptstadtberliners ausstrahlte, wie man ihn von den SED-Wahlplakaten kannte. Dann kam die Wende, und die Anstalten brauchten Vorzeigeossis, die den Westdeutschen glaubhaft machen konnten, bei den Neubundis handele es sich um dieselben verklemmten, humorlosen »Gemütsmenschen«, die sie selber sind. Zu diesem Zweck wurden die Herren Gunter Emmerlich und Wolfgang Lippert auf die Bildschirme geblasen, zwei Typen, die die deutsche Einheit in ihrer monsterhaften Ausprägung verkörpern. Nachdem die beiden alternierend an Samstagabenden dem Westpublikum bewiesen hatten, daß sie jedem Wuppertaler Stadtteilfest gewachsen wären (wobei Lippi vor allem als »schneller Grapscher« in »Wetten, daß...?« bei seinen Wettgästen Panik auslöste), waren sie plötzlich nicht mehr so exotisch und wurden abserviert. Sie weinten öffentlich. Lippi verglich sein Schicksal mit dem der Bischoferoder Kalikumpel, die schließlich auch schrecklich mißbraucht worden waren. Er legte seine Honorare beim Kauf eines Ostberliner Kinos an, das heißt, die Bank rechnete mit seinen Honoraren, wohl im Vertrauen auf die »ungeheure Popularität« des Entertainers. Mit der war es aber plötzlich vorbei. Jetzt verdient wieder Gottschalk Lippis Geld, nur viel mehr. Papa Stolpe antwortet auf keinen seiner Bettelbriefe mehr (da könnte ja jeder Ossi kommen).

Lippi widmete sich fortan als gelernter DDR-Heimwerker mit umgedrehter Baseball-Kappe dem Ausbau seiner Besitzungen am Müggelsee. Jetzt ist Lippi wieder da. In einem Berliner Baumarkt hat Lippi geklaut, eine Kombizange im Wert von 19,80 DM. Der *Bild*-Zeitung stellte er sich zerknirscht bis belustigt, das heißt mit umgedrehter Baseball-Kappe: Er habe dem Baumarkt sofort eine Autogrammstunde mit ihm angeboten, damit sei der Schaden wohl mehr als wettgemacht. Der Filialleiter aber rechnete schnell: Eine Stunde mit Lippert vertreibt hunderte Kunden – und zeigte ihn an. Jetzt kommt unser Superossi nicht nur ins ZDF, sondern auch in Stinnes-Baumärkte nicht mehr rein. Sein Anwesen verfällt mangels geeigneter Werkzeuge, Lippert rasiert sich aus Protest nicht mehr, und Erna kommt, Erna kommt auch nicht mehr. Nun sagen Sie selbst: So kann das im Osten doch nie was werden.

Lojewski, Wolf von – Gemessen an dem Tonfall, den sich der TV-Ansager von Lojewski für die Zuschaueransprache angewöhnt hat, scheint er von seinem Publikum eine eher seltsame Vorstellung zu haben. Jedenfalls befleißigt sich der Anchorman genannte Vorturner des »heute-Journals« (ZDF) bei der telepromptergestützten Präsentation seiner Manuskripttexte einer Artikulation, die den Verdacht nährt, daß er seine Zuhörer- und -schauerschaft für so etwas wie eine amorphe Masse Mensch hält, die allenthalben komatös in die Röhre stierend nur durch einen Sprachgestus zu erreichen ist, wie man ihn sonst bei Schwachsinnigen oder begriffsstutzigen Kleinkindern anwendet. Als wollte er Peter Lustig an die Latzhose, will sagen, dem ZDF-Kinderfunker an den Posten, derart hat Loje, wie sich von Lojewski im Kollegenkreis rufen läßt, diesen Kindergärtnerinnen-Singsang perfektioniert, in dem er das nachrichtenwerte Weltgeschehen bzw. das, was er dafür hält, erläutert, als gelte es einer Rasselbande halbwüchsiger Idioten die Herkunft der Zahnpastastreifen zu erklären. Dabei ruckelt und zuckelt er in einem fort hinter seinem Pult herum, schürzt dazu bedeutungsschwer das Schnäuzlein und knetet andauernd mit den Händen die Studioluft als müsse das, was aus ihm herausquallt, der Anschaulichkeit halber auch noch zu kleinen Scheißehäufchen geformt werden.

Und dann sind es auch oft genug »Geschichten«, die Loje da im stets platitüdengestelzten Märchenonkeltonfall ankündigt, immer wieder »Geschichten«. Man kann es schon nicht mehr hören, dieses: »Wir wollen Ihnen jetzt eine Geschichte erzählen.« Ob Steuerreform, EU-Gipfel oder Terroranschlag, hinter jeder noch so piefigen Nachrichtenalltäglichkeit verbergen sich, glaubt man Loje, irgendwelche »Geschichten«, die, »vom Leben geschrieben«, angeblich »spannend« sind oder »irrwitzig«, nicht selten auch »unendlich« oder »ergreifend« und mitunter auch noch einen »Prolog« und einen »Epilog« bzw. einen »Teil eins, Teil zwei« usw. haben, sich am Ende jedoch immer nur als einer dieser bis zur Überflüssigkeit aufgeblasenen Magazinbeiträge entpuppen, wie man sie heutzutage senderauf und -ab zuhauf ertragen muß; so besinnungslos zusammengeschustert wie hirnlos betextet von kurzatmigen Schwachmaten, die bei Loje stets wichtig unter dem Titel »Unser Mann in...« firmieren und also über jeden Furz eine Geschichte erzählen müssen, statt einfach nur zu berichten, was Sache ist.

Andererseits: berichten, was Sache ist, kann naturgemäß nicht die Sache solcher wie von Lojewski sein. Sie wären die längste Zeit beim ZDF gewesen.

Maaz, Hans-Joachim – Herr Maaz hat wieder was gesagt. Herr Maaz sagt immer was, man braucht ihn nur zu fragen. Er sagt es aber auch ganz gern ungefragt. Seit acht Jahren liefert Maaz – eigentragenes Warenzeichen »HaJoMa« – von Halle aus, wo die Ossis durch die Chemieindustrie über die Jahre genetisch deformiert wurden, Schnelldiagnosen zum Emotionshaushalt der ostdeutschen Mitläufer. Aus einer christlichen Nische heraus hat er sie vierzig Jahre lang beobachtet, ohne wirklich helfen zu können. Das zahlt sich heute aus. Maaz hechelt im Jahr mindestens zwei Bücher voll, zusammengeramschte Diagnosebögen, die unter verschiedenen Titeln erscheinen, aber alle irgendwie »Gefühlsstau« heißen. Recht gern äußert sich Herr Maaz auch vermittels des spontanen Wortes, denn das ist flüchtig und also für Maazsche Thesen wie geschaffen. In seinem Werk wechseln die Schuldigen fur die seelische Verzwergung der ostdeutschen Mitschwestern und Mitbrüder je nach der innenpolitischen Großwetterlage: Zuerst war die Diktatur daran schuld (Eppelmannsche Totalitarismusphase), dann waren es die Ostler selber (Bohley-Kliersche Aufarbeitungsphase), dann war es der rohe, kalte Westen (Ostalgiephase), und jetzt – was bleibt ihm anders übrig – ist HaJoMa arg beim Differenzieren. Hat er es irgendwo gesagt oder irgendwo geschrieben? Egal, Hauptsache, die bis zur nächsten Anamnese gültige Formel ist gefunden: Die Mütter waren es! Die Muttertiere des Sozialismus haben das Mütterliche vermissen, haben sich in Massenmütterhaltung zwingen und sich mehr oder weniger vom Staat besamen lassen (ein Gebärdruck herrschte in der DDR, mein lieber Mann!). Dann haben sich die Mütter ihren Wurf von den Brüsten gerissen und ihn in Wochenkrippen kaserniert. Denn ein dumpfer Trieb rief sie zurück in die Kollektive. Ohne liebende Mütter aber in Zehnergruppen in die Welt gestellt, blieb den Kindern des Sozialismus nichts weiter übrig, als Margot und Erich Honecker an Elternstatt anzunehmen und bei ihnen das Kuschelerlebnis zu finden, das die Mütter ihnen nicht geben wollten.

Diese These kommt dem Maaz nicht zufällig gerade jetzt in den Feinsinn. Von Biedenkopf über Jagoda und Noelle-Neumann bis zu »führenden Wirtschaftsinstituten« ist man sich sicher: Die Arbeitslosigkeit wäre im Osten kein Problem, wenn die Weiber endlich das Arbeitenwollen bleiben lassen würden.

Der Autor dieser Notiz ist übrigens auch in Wochenkrippen aufgewachsen und anschließend den Kampfgruppen der Arbeiterklasse beigetreten. Bis heute leidet er darunter. Zum Beispiel träume ich von Sonntag auf Montag (montags hat mich meine Mutter den bösen Tanten übergeben) immer, ich liefe mit nacktem Unterleib durch Berlin, und nur alte, ledrige Frauen gucken hin. Maaz, hilf mir!

Markwort, Helmut – Jeden Montag gibt uns Moppelchen Helmut Einblick in sein mit Fakten prall gefülltes Tagebuch. Da ist er Streiter für Sitte, Anstand, Moral, Gerechtigkeit und diese ganze Schiene. In dieser Melange aus eher zähen, dehnbaren und quasi schaumstoffigen Begriffen wühlt Markwort nach seinen harten Fakten, Fakten, Fakten, denen nicht selten das t fehlt, weil Helmut Markwort so fest darauf herumgebissen hat.

An einem beliebigen Mittwoch beispielsweise fand Helmut Markwort nach unermüdlicher und harter Fakten-Recherche heraus, daß Henning Voscherau in der Eppendorfer Nicolaikirche »scheinheilig gepredigt« hatte, dabei sei er doch Atheist. Da schau einer an! Entlarvt, der Mann! Der kann sich nie wieder irgendwo blicken lassen! Ein Fakt von Helmut Markwort, und schon ist der Mann erledigt. Am Donnerstag dann hat die Gewerkschaft der Polizei Berlin als die »Hauptstadt der Gewaltkriminalität« bezeichnet. Markwort entgeht nämlich nichts. Gnadenlos zerrt er den Fakt auf den Tisch. Da liegt er dann, der Fakt, zitternd und nackt, während Markwort ihn mit gierigen Blicken verschlingt. Der Donnerstags-Fakt zappelt noch hilflos auf Markworts spitzer Feder, bevor er sich ihn in seinen großen Mund schiebt, da tischt er schon den Freitags-Fakt auf: Steuerreform. Die ist schon gut abgehangen und riecht schon recht streng. Für Fakten-Mann Markwort jedoch kein Grund, nicht daran zu schnuppern und laut rülpsend auch diesen Fakt wegzuputzen.

Helmut Markwort läßt auf seinem Tellerchen nichts liegen, alles stopft er in sich hinein, in seine große Biotonne, die er tapfer vor sich her trägt. Und zum Nachtisch zeigt er schon auf den nächsten Fakt, denn hinter jedem Fakt verbirgt sich ein Skandal. Mit nacktem Wurstfinger deutet er darauf, da kennt Markwort nichts. Da langt er zu, so wie damals, als er noch Taxifahrer war bzw. einen spielte und den harten bzw. den wohl eher weichen Fakten des nackten Oberschenkels einer jungen Dame auf dem Beifahrersitz eigenhändig auf den Grund gehen wollte. Da war er schon ganz der Helmut Markwort von heute, ungeheuer neugierig, ja geradezu wißbegierig, aber eben auch faktenorientiert. Und insofern ist sein Fakten-Tagebuch, in dem er seinen Minipli-Journalismus ausbreitet, nur die Fortsetzung der Fummelei mit anderen Mitteln.

Mathiopoulos, Margarita – Es ist schon ein paar Weizenernten her, da überraschte die beherzte Brandt-Beraterin die wenig staunende Öffentlichkeit überhaupt nicht mit ihrem Buch »Rendezvous mit der DDR«. Rendezvous meint das Treffen einander zugetaner Menschen, aber zum einen ist die Dame ihren Gesprächspartnern nicht zugetan, und die DDR war ja schließlich unmenschlich – das wissen wir längst. Die Impertinenz schmaucht sich ebenso in den Untertitel »Politische Mythen und ihre Aufklärung« hinein. Heraus kommen, Sie ahnen es, einige unbedarfte Fangfragen an Repräsentanten der DDR und ihre jeweils noch unbedarfteren Antworten. Das trifft sich gut mit dem Habitus der Verfasserin, die uns ihre in einer Art frühvergreistem Gouvernantendeutsch herausgefolterten Schulmädchenansichten als Weltläufigkeit verkaufen will. Dabei streift sie in den eingestreuten Bemerkungen allzuoft den Rand der Verächtlichmachung, immer wieder abwechselnd mit dem kühnen Zweifel daran, es könnte sich *doch* um richtige Menschen handeln. Wie ein gehbehinderter Astronaut stolpert Frau Mathiopoulos durch die uns gegebene Grammatik, daß wir gerne glauben würden, sie habe ihr Volontariat in Frauen-Fanzines wie *Neue Revue, Das Goldene Blatt* oder *Emma* gemacht. Wenn die ausformulierte Schwammigkeit die Körnchengröße Seebacher-Brandt oder Maron erreicht, und das kommt schon mal vor, dann sind auch ihre virilen Vorbilder Konzelmann und Scholl-Latour nicht mehr weit. »In der Nacht der gesellschaftlichen Abstraktionen sind alle Systemkatzen grau.« Genau. Stockenden Odems buchstabieren wir ihre Verstrickungen in die allgegenwärtige Politikgymnastik, die in unterhaltsam hobbyphilosophischen Exkursen gipfeln: This is Häkelkurs speaking! Das empfehlen wir Ihnen mit Rhythmuscomputerbegleitung Ihren vorher angeschnallten Freunden vorzutragen. Der noch weniger staunenden Öffentlichkeit wurde neulich ihr Buch »Die geschlossene Gesellschaft und ihre Freunde« angedient. Es nenne die »brennenden Probleme der Republik beim Namen«. Aber das hat doch schon die Gabi Krone-Schmalz gemacht und gleich ein tiptop Rendezvous mit der eigenen Einfalt mitgeliefert, rufen wir schadenfroh. Malt Ihr etwa voneinander ab?

Matthäus, Lothar – »Mein Tagebuch« heißt das Erstlingswerk des frischgebackenen Schriftstellers Lothar Matthäus, dem zwar von zwei Verlagslektoren noch ein bißchen unter die Arme gegriffen wurde beim Schreiben, weil Schreiben »nicht sein Milieu« ist, aber er hat zu allem sein Okay gegeben, bevor das Tagebuch in Druck ging, welches im Vorabdruck der *Bild*-Zeitung noch »Das geheime Tagebuch« hieß. »Es ist ein einfaches Buch geworden, das jeder, der Spaß am Fußball hat, verstehen kann«, sagte Matthäus. Seinen Mannschaftskollegen schien es dennoch zu kompliziert, und Spaß am Fußball haben die ja schon lange nicht mehr, weshalb sie sich fürchterlich aufregten und Helmer gar in Matthäus einen Fall für den Nervenarzt sah. Lothar Matthäus aber verstand nicht, warum man sein Tagebuch nicht verstand. Schließlich verarsche er niemanden, und Interna gebe er auch nicht preis. Und da hat er recht. Zum Beispiel hat er seinem Tagebuch so geheime Dinge anvertraut wie die 3:0-Niederlage der Bayern gegen Werder Bremen, und selbst die Torschützen Herzog und Labbadia verschwieg er nicht: Zwei ehemalige Münchner, und so »brutal« diese Wahrheit auch war, Matthäus hielt damit nicht hinterm Berg. Und was Matthäus auch nicht verstand: daß sich jemand über die Sache mit der Zehntausendmarks-Wette mit Hoeneß aufregen konnte, die Matthäus »beim Skiurlaub« »aus einer Lustigkeit heraus« – denn lustig geht's schon zu bei derer Millionentruppe – abgeschlossen hatte, weil er dem Klinsmann nicht zutraute, 15 Tore zu schießen. Hat Klinsmann dann aber doch, und Matthäus hat dann auch gleich und bar seine Wettschulden bezahlt, denn Wettschulden sind Ehrenschulden, und Matthäus ist ein Ehrenmann, Pfadfinderehrenwort! Jetzt ist er die Kapitänsbinde los, aber – pariert Matthäus mit einem seiner unvergleichlich präzisen Pässe: »Ich bin mit der Binde nicht verheiratet«, so wie er auch mit »dem Verein nicht verheiratet« ist und mit einer Menge anderer Leute auch nicht. Das ist er nämlich mit Lolita. Dennoch gestand der Leitwolf ohne Herde: »Ich bin wahnsinnig enttäuscht«, aber er weiß auch Rat, und der lautet: »Die Zeit heilt alle Wunden.« Und: »Ich muß nachdenken. Und dann müssen wir reden.« Das aber ist genau das Problem, denn niemand weiß genau, was Matthäus mit dem »Nachdenken« meint, alle fürchten sich vor dem »Reden«, das keinesfalls mit ersterem in irgendeinem Zusammenhang steht. Alle fürchten sich vor der krummen fränkischen Logik des Matthäus, der in jedes Mikrophon hemmungslos einen Haufen Blödsinn erbricht. Und am nächsten Tag, da steht in allen Zeitungen, was der Matthäus wieder von sich gegeben hat. Da freut er sich immer wie ein Kind. Sagt man was, und schon steht's in der Zeitung. Toll! Das gefällt dem Matthäus, und gleich denkt er wieder nach, denn das gehört dazu (hat ihm der Trap oder wer mal gesagt). Was immer das sein mag, dieses »Nachdenken«. Ist ja auch wurscht.

Melcic, Dunja – Als Tudjman die über die »Serbenhochburg« Knin gehißte kroatische Fahne küßte und die Kroaten in nationalistischen Begeisterungstaumel verfielen, da war auch seine inoffizielle Botschafterin in der BRD Dunja Melcic nicht weit. In Erich Böhmes »Talk im Turm« erklärte sie dem deutschen Publikum, warum die Serben selbst schuld daran seien, daß sie aus der Krajina vertrieben wurden. Dunja Melcic, neben der selbst der CDU-Politiker und Erfinder des serbischen Mengele Stefan Schwarz verblaßte, ist von Beruf »Kroatin«, und als solche legte sie die ganze Wahrheit auf den Tisch. Daß Tudjman sich in der Tradition des antisemitischen Ustascha-Führers Ante Pavelić sieht und ein gemeingefährlicher Irrer ist, der sich gerne eine weiße Phantasieuniform anlegt und deshalb besser in einer Anstalt aufgehoben wäre als in einem Präsidentenpalast, wen interessiert das, denn Dunja Melcic weiß, daß Kroatien eine demokratische Verfassung hat, was immer sich diese Frau darunter vorstellen mag. Sie weiß, daß die 150.000 serbischen Flüchtlinge aus der Krajina nur vor dem Krieg und nicht etwa vor ethnischen Säuberungen flüchten, und falls die Serben doch aus Angst um ihr Leben das Land verlassen, dann sind sie eben der serbischen Propaganda aus Belgrad und Pale auf den Leim gegangen, so wie es sich wahrscheinlich auch um serbische Propaganda handelte, daß dänische Blauhelme von den Kroaten als Schutzschilde benutzt wurden. Tudjman jedenfalls hat die Serben jede Stunde einmal dazu aufgefordert, ihre Häuser nicht zu verlassen, der eindeutige Beweis für die edle Absicht des kroatischen Militärs.

Und wenn da ein anderer Gast in Erich Böhmes Talkshow leise Zweifel an ihrem Hurra-Patriotismus anmeldete, dann keifte die Dame mit dem kroatischen Herrenrassenschnitt ihren Kontrahenten so lange an, bis der freiwillig die Waffen streckte. Die Serben sind am Ende, frohlockte die »Kroatin« von Beruf und aus Berufung. Als Kolumnistin bzw. Reißmüllerin der *taz* und als Übersetzerin aus dem »Bosnischen« hält sie die kroatische Sache hoch. Ihr Auftritt in Böhmes »Talk im Turm« erinnerte ein wenig an »Dr. Seltsam oder wie ich lernte die Bombe zu lieben« von Kubrick. Dem General, der es den »Russkis« besorgen wollte, stand Dunja Melcic in nichts nach.

Meyer, Ulrich – Der Sat-1-Anchorman hat einen Scheitel wie in Zement gegossen, und eine Diktion, wie in Vanillepudding gemeißelt: »Wir sind in einem optischen Medium: Da muß Optik rein, da muß Grafik sein, da muß der Zuschauer per Computer animiert werden: Ich muß ihn und seine Augen auf dem Fernsehschirm spazierenführen. Spazierenführen auf dem Boulevard der Welt, ihm die Auslagen erklären und deuten.« Mit anderen Worten: »... wir müssen die Formulierungen finden, die Mutter auf dem Fernsehsofa zu Vater sagen läßt: ›Siehst du, so sind se ... furchtbar!‹ Oder besser noch: ›Eigentlich sind sie ganz nett.‹«

Und solche dürfen so was dann alle vier Jahre wählen.

Millowitsch, Willy – »Ich will auf der Bühne sterben.« So ließ der Kölner Klüngelclown in der *Hamburger Morgenpost* vermelden. – Sind noch Karten zu haben?

Möller, Irmgard – »RAF – das war für uns Befreiung«, steht auf dem Deckel des Buches, in dem Irmgard Möller von damals erzählt. Schon der Titel enthält jedoch ein Mißverständnis, wenn nicht sogar eine dicke Lüge, denn während man in den Anfangsjahren der RAF noch den amerikanischen Imperialismus bekämpfte, um die Bedingungen für Befreiung erst zu schaffen, definiert Irmgard Möller die RAF im nachhinein als eine Art Selbsthilfegruppe, in der die Mitglieder ihre Komplexe therapierten, womit sie bestätigt, was böswillige Kritiker schon immer behauptet haben. Vielleicht aus diesem Grund wirkt das auf 270 Buchseiten ausgewalzte Interview so langweilig, dröge und redundant. Gern möchte man also den Mantel des Schweigens darüber ausbreiten, weil man Leute wie Irmgard Möller eben manchmal vor sich selbst schützen muß und ihr die ehrenwerten Motive nicht absprechen sollte, die schließlich dazu führten, daß sie in Stammheim landete. Aber Motive haben ein gewisses Verfallsdatum, und wenn nicht irgendwann der Verstand dazukommt, fangen sie an, ranzig zu werden. Das heißt, nachdem über zwanzig Jahre vergangen sind, sollte man davon ausgehen können, daß jeder, selbst Irmgard Möller, genug Muße hatte, um zu erkennen, daß die Zeit nicht 1976 stehengeblieben ist. Animiert von ihrem Führungsoffizier Oliver Tolmein, beharrt sie auf dem ganzen antiimperialistischen Krampf, als die fanatischen Reaktionen des Staates benutzt wurden, um sich gegen jede Kritik zu immunisieren, und fleißig und beharrlich strickt Lieschen Möller an der RAF-Legende von den unnachgiebigen und kompromißlosen Kämpfern weiter, die im Schlachtengetümmel gefallen sind, ermordet von der erdrückenden Übermacht aus NATO, CIA, BND und BRD-Staat. Sogar »in den Hungerstreiks sind Gefangene durch gezielte Unterernährung umgebracht worden.« Ist diese Hungerstreiklogik sowieso etwas krude, weil sie wie das Prinzip funktioniert, welches Wolfgang Pohrt einmal am Beispiel eines Bankräubers beschrieb, der sich vor dem Kassenschalter die Pistole an die Schläfe setzt und Geld fordert mit der Drohung, sich umzubringen, so wird das merkwürdige Vertrauen, welches man in staatliche Institutionen setzt, um so grotesker, wenn man liest, daß Irmgard Möller »in dieser Zeit in jeder Faser gespürt [hat], daß sie uns vernichten wollen«. Wobei man nicht ausschließen sollte, daß der Schlüssel zum Verständnis dieser Geschichte in dunklen und obskuren Andeutungen liegt, die Irmgard Möller »Dialektik« nennt.

Zappelnd in ihrem Netz aus Mythen und Illusionen, denkt sie immer noch in den Kategorien »Schwein oder Mensch« und knetet sich die Welt nach ihrem Willen und ihrer Vorstellung. Ihre Vorstellung ist immer noch identisch mit jener von damals, nur die Verhältnisse sind nicht mehr dieselben, weshalb Irmgard Möller ein wenig entrückt und nicht ganz von dieser Welt erscheint. Daß Personen, die einmal von der Geschichte an die Oberfläche geschwemmt wurden, die danach sowieso nur schlechter werdende Zeit ignorieren, um sich in diesem einen Moment der Geschichte einzurichten, in dem ihnen Bedeutung und Größe zukam, läßt sich bei Zeitzeugen immer wieder beobachten. Da ihnen die Distanz zu den Ereignissen fehlt und diese nur aus der Perspektive der statisch und sinnlos gewordenen Ideologie betrachtet werden, sind sie in der Regel nicht besonders zuverlässig, weshalb man sie ihren verstaubten Legenden überlassen sollte, statt sie zu blamieren und der Lächerlichkeit preiszugeben, indem man sie einer Öffentlichkeit präsentiert, die nichts lieber tut, als sich über soviel dämliche Mausoleumsideologie und zähe Rechtfertigung lustig zu machen. Im besten Fall setzt man sie dem Mitleid aus, das Leute empfinden, die sich von nostalgischen Gefühlen bewegen lassen. »Kein Wunder, die Arme hat ja auch viel durchgemacht«, heißt es, und dank Oliver Tolmein ist es genau das, was einem zu Irmgard Möller bzw. zu ihrer Verteidigung einfällt.

Mohr, Reinhard – Als die Debatte über die »Winterliche Reise« von Peter Handke schon gut abgehangen und eigentlich schon durchgenudelt war, begann auch Reinhard Mohr Geschmack daran zu finden. Viel war in diesem aufgeregten Streit verzapft worden, aber eines konnte man mit Sicherheit nicht behaupten, nämlich daß irgendwer oder irgend etwas totgeschwiegen worden sei. Vielmehr hatte so ziemlich jeder die Klappe ganz weit aufgerissen. Da machte es viel Spaß zu beobachten, wie Reinhard Mohr Handke im *Spiegel* vorwarf, neben vielen anderen sehr schlimmen Dingen, die die Menschen und Völker verderben, »penetrant geschwiegen« zu haben. Im Jugoslawien-Konflikt, dem Dauerlutscher für die kriegsgeilen Kibitze aus den Redaktionsbunkern, ist das ein offensichtlich besonders menschenverachtendes Vergehen. Ja, Mohr sieht gar »eine neue Kultur aggressiven Ver- und Weg-Schweigens« am Werke. Aber was ist das? Wie geht aggressives Weg-Schweigen? Könnte Reinhard Mohr das nicht mal bei Frau Schreinemakers vormachen?

Wenn sich der Beißkrampf vielleicht mal wieder löst, dann wird Mohr eventuell sehen, daß er einer Meinung ist mit der gesamten deutschen Medienwelt, die die Serben aufs entschiedenste verurteilt, daß er also nicht aus dem Redaktionsbunker in der Brandstwiete S.O.S. morsen braucht, ist Handke doch höchstens ein Querschläger im längst befriedeten Hinterland. Diese Raserei gegen dissidente Meinungen aber erinnert stark an eine Zeit, als das richtige Bekenntnis abgelegt werden mußte und Kritik als zersetzend galt.

Morshäuser, Bodo – Ganz wesentlich »ums *Deutsche*« geht es Morshäuser. Die entsprechenden Bekenntnisse dazu legte er in Büchern nieder mit Titeln wie »Hauptsache Deutsch« und »Warten auf den Führer«. Als einer der ersten warb er für Verständnis gegenüber Rassisten. Nach dem Motto, auch Menschen sind nur Rassisten, entwickelte er eine Art Urschreitherapie, um den Rassisten in sich zu entdecken: »Raus mit dem Scheiß. Laß uns mal fünf Minuten Rassist sein und mal richtig erzählen, was hier los ist und was uns nicht gefällt. Das finde ich besser, als nur intelligent oder intellektuell diese Dinge zu sehen.« Sieht man also diese Dinge nicht nur intelligent und intellektuell, dann ließe sich für Bodo Morshäuser eine nette Therapie zusammenstellen. Früher hieß die Therapie Teeren und Federn, heute könnte man ihn mit ein paar Skins aus dem Osten bekanntmachen, die man dabei fragt, ob sie wirklich schwul seien, wie der gute Mann hier gerade behauptet habe, um sie dann unter sich zu lassen.

Necker, Tyll – Von wegen alte SED-Kader wären ideologisch verbohrt. Waisenknaben sind das neben einem Tyll Necker, denn mit welcher Borniertheit dieser Mann seine Unternehmerideologie anpreist, da sieht die Nomenklatura drüben echt alt aus, was sie ja sowieso schon ist. »Die Globalisierung der Märkte« beispielsweise bedeutet nicht, daß uns wieder ein »billiges Einheitsauto« blüht. Schwein gehabt. Millionen Bürger atmen auf: Nie wieder Trabi. Eine klare Aussage. Ist der BWL-Studenten-Jargon, in dem Tyll

Necker *Focus* die Mechanismen der Weltwirtschaft erklärt, schon recht wischiwaschi, so übertrifft er sich selbst in der Empfehlung von Rezepten, um aus der Krise herauszukommen. Da beginnt er dann von »Mut« zu schwafeln, der sich wieder »lohnt«, von einer Politik, »die nicht allein auf Optimismus setzt, sondern auf Zuversicht ohne Illusionen«. Wenn aber Leute wie Tyll Necker vom Bundesverband der deutschen Industrie schon so auftreten wie windige Wunderheiler und gichtfingrige Hellseher, die mit ähnlichen Horoskop-Floskeln hantieren, aber wenigstens nicht behaupten, mit ihrem Blabla eine ökonomische Krise bewältigen zu wollen, dann allerdings sollte man sich schon mal nach einem Land mit günstigen klimatischen Bedingungen umsehen.

Niedecken, Wolfgang – Ausgerechnet im Schlafwagen, wo man müde, halb nackt und entsprechend wehrlos ist, kriegte er mich: Wolfgang Niedecken alias BAP, der Mann, dessen penetrant einem um die Sinne geschlagenen beruflichen Werdegang ich seit Jahren zu ignorieren versuche – was schwierig ist, denn der Kerl und seine PR-Maschine sind klebrig.

Was war geschehen? Ich war in Frankfurt am Main gewesen, jener Stadt, wo die Leute anstelle eines Kopfes einen gigantischen Hintern tragen und statt der Stirn ein Display, auf dem der aktuelle Kontostand aufleuchtet, damit sie wissen, mit wem sie Umgang haben sollen und mit wem nicht.

Froh, diesem Weltkaff den Rücken zu kehren, machte ich es mir im Schlafwagen bequem, trank noch ein Glas – »Auf alle, die entkommen!« – und las die Geschichte »Goldschuß-Goofy gegen Dampfroß-Danny« (in Disneys Taschenbuch Nr. 109, S. 147 ff.). Unangenehmerweise aber verbreitete irgend etwas Bösartiges, ja geradezu Frankfurterisches seine fiese Aura im Abteil. Es war das Gratismagazin der Deutschen Bahn AG, ein Heftchen namens *Zug*, das mir der Schlafwagenschaffner in freundlich gemeinter Gedankenlosigkeit hingelegt hatte. Auf dem Titel, unten auf der Ankündigungsleiste, fand ich den Kübel Übles: »Auf Tour – BAP-Sänger Wolfgang Niedecken«.

Weil man durch das, was einen quält, hindurch muß, um es abhaken zu können, oder, wie Jörg Fauser schrieb, weil »die Scheiße des Lebens jeden Tag neu breitgetreten werden muß«, tat ich mir auch das noch an: »Ehrlich währt am längsten« hieß die Geschichte über den ehrlichen Menschen und den ehrlichen Künstler Wolfgang Niedecken, der alles, was er ehrlich sagt und ehrlich tut, auch ehrlich meint, egal, wie ehrlich eklig es ist:

– mit Christoph Dieckmann, dem verquollenen *Ikea*-INRI von der *Zeit*, auf dem Balkon sitzen und ein Buch zusammenklappern über, natürlich, Jugendliche und so;

– mit Nazis »reden« und sie »verstehen« wollen, weil »Kristallnaach!« nur brüllen eben doch nicht so richtig authentisch ist;

– für die Lego-Layout-Zeitung *Die Woche* nicht nur werben, sondern sich im selben Blatt selber »Loyalität« attestieren, ohne allerdings zu erwähnen, daß Loyal der Name des Hundefutters bei Aldi ist;

– mit seiner Frau, ob sie nun früher »Carmen« hieß oder aktuell »Tina« heißt, hausieren gehen und herumrenommieren und auch der Zeitschrift *Zug* ein Foto von ihr geben, damit jeder im Lande weiß, wie strähnchenblond und zahngepflegt und sonnenbrillig sie doch den rechten Arm des nicht minder gefönten BAP-Grinsekopfes auszufüllen versteht und dabei, laut Auskunft von Niedecken, in gewissen Situationen »schnurrt wie eine räudige Katze«.

Denn das ist Ehrlichkeit: Erst sich selbst ein Leben inklusive Empfindungen usw. aufbügeln, dann bei sich selbst den Spitzel machen und allen alles verraten. Und damit durchs Land plachandern als Bonitätsdarsteller, bis keiner mehr BAP sagen kann. BArPs.

Niroumand, Mariam – Das ist also aus den Kindern der 68er geworden. Mittlerweile über 30, aber immer noch auf dem geistigen Niveau einer 13jährigen, befindet sich Mariam Niroumand auf der Suche nach einem glanzvollen Helden, nachdem die Jungs von der RAF kläglich versagt haben. Ein starker Mann, ein Führer, ein richtiger Papa, der auch mal zulangt, wenn's sein muß. So was in der Richtung schwebt Frau Niroumand vor. Kein Weichei eben, sondern einer wie Helmut Schmidt muß es sein, der nicht davor zurückschreckt, auch mal einen Kumpel wie Hanns Martin Schleyer über die Klinge springen zu lassen. Der Helmut Schmidt? Den himmelt Mariam Niroumand an? Tatsächlich, Helmut Schmidt ist der neue »good guy«, schreibt sie, nachdem sie Breloers Film gesehen hat. Ausgerechnet dieser alte reaktionäre Sack, dieser eingebildete Laffe, dieser Bürokrat mit dem Kasinoton, der Untergebene gerne anbelfert: Haben Sie überhaupt gedient? Ausgerechnet der? Ist das nicht etwas pervers?

Nolte, Claudia – Claudia Nolte steht kurz davor, das Büslein freizumachen und an der Stange zu tanzen oder sich für *Coupé* mit gespreizten Beinen auf dem Titelblatt zu räkeln. Vielleicht hebt sie sich das aber auch für den Wahlkampf auf, und man kann sie dann über eine CDU-Hotline für eine Nummer im Wahlkreis bestellen. Sie positioniert sich, wie man so sagt:

Sie hat sich eine »verdammt freche« Frisur zugelegt und lagert für *Gala* lasziv, den Mund zur Empfängnis leicht geöffnet, in weinrotem Kleid auf durchgebumsten Matratzen. Dabei guckt sie genau so, wie der Kinderschänder das haben will: als wüßte sie von nichts. Ihre neue Brille wird übereinstimmend als »topaktuell« beschrieben und hat bereits ein gewisses Eigenleben in der deutschen Presse angetreten. Von einer ihrer Mitarbeiterinnen, mit der sie ein sehr vertrauliches Verhältnis pflegt, hat sie sich in Bonn auf dem Markt einen Schlüpfer besorgen lassen, der den durchgesessenen Po zur Sonne biegen sollen. Notgeil reist sie durchs Land und eröffnet Jugendzentren. Aber anfassen läßt sie sich nicht, jedenfalls nicht gern. Eine Verwandlung vom »häßlichen Entlein« zur »Politikerin mit dem Verführungsbonus« ist mit ihr vorgegangen, eine kleine Kabinettsumbildung sozusagen. Denn Claudia ist nebenbei eigentlich Ministerin, kann in dieser Funktion dem Geschlechtsverkehr mit Kindern partout nichts abgewinnen, mit kleinen Mädchen prinzipiell nicht, aber im Prinzip auch nicht mit kleinen Knaben. Man kann ihr nicht entgehen, dem regierenden Pin-Up. Von ihrer Namensvetterin, der Schiffer Claudia, unterscheidet sie nur die Oberweite. Wozu noch Vorlagen schreiben, wenn man selbst eine ist – für Kanther, den ollen Fummler? Zumeist wird sie mit ihrem gallertartigen Staatssekretär gesehen, auf den sie sich »voll verlassen« kann. Die Beamten der Bonner Fahrbereitschaft erröten vorsorglich oder legen die olle Decke aus, wenn die beiden zusammen ins Auto steigen (der Gatte versorgt derweil daheim im Thüringischen die keusch gezeugten reizenden Kinder).

Schuld an diesem Exzeß ist die Presse und ein leises Aufstöhnen der Abgeordneten aller Fraktionen, als sie mit ihrer Rüschenbluse zur Vereidigung vor dem hohen Haus erschien. Nach dem feierlichen Akt hat sich Frau Nolte dieses Stöhnen von ihren Beraterinnen deuten lassen, die in den ersten Tagen nach der Inauguration »solidarisch« in Rüschenblusen an ihren Schreibtischen saßen. Inzwischen hat sie hundertmal erzählt, wie dieses Kleidungstück dereinst unversehens auf ihren Traumkörper kam: »Es mußte schnell gehen, und es sollte festlich aussehen und der Würde des Augenblicks gerecht werden.« Als Ostdeutsche weiß sie, wie man mit Fehlern umgeht: Man geht in sich und macht sofort eine Wende. Aber das Gegenteil von einem Fehler ist bekanntlich auch ein Fehler. Wenn ihr nun bloß nicht noch einer sagt, daß sie übern Onkel latscht! Die Frau bringt es fertig und fährt morgen im Rollstuhl vor.

Onken, Julia – Von einer Frau, deren erster Bestseller den Titel trägt: »Feuerzeichen Frau. Über die Wechseljahre als Chance«, von so einer hätte man eigentlich den Nachfolgeband »Wasserzeichen Frau. Harninkontinenz als Bereicherung« erwartet. Doch der kam nicht. Statt dessen kamen die »Vatermänner«. Darin unterscheidet Julia Onken messerscharf drei Frauentypen: erstens die Gefall-, zweitens die Trotz- und drittens die Leistungstochter, aber das nur, um dann doch wieder alle drei in einen Topf zu werfen, weil die meisten Frauen nämlich Mischformen sind. Gemeinsam jedoch haben diese Frauen, daß sie alle an einer Vaterwunde leiden, weil sie nämlich vatervergessene Töchter sind. Wie Onkens Julia diesen gottvatervergessenen Stuß wieder einmal zu einem ganzen Buch zusammengeonkt hat, in dem sich so manche Frau und Tochter wiedererkennen konnte, das macht ihr so schnell keine andere Frauenmutter, Kindertochter respektive Seelenpsychologin nach. Einmal mit den

Töchterfrauen der Vatermänner auf den Geschmack gekommen, drehte sie nun unlängst die psychotypologische Komplexitätsschraube um noch mindestens eine Umdrehung weiter an. In »Spiegelbilder. Männertypen und wie Frauen sie durchschauen« sind es nun schon *vier* verschiedene Grundtypen, die man sich merken muß: den nähesuchenden, den distanzierten, den ordnend-kontrollierten und den grenzensprengenden Typus. Und wie zu jedem Kropf ein Dackel gehört zu jedem männlichen Typus das jeweils entgegengesetzte weibliche Pendant. Das macht – nach den Regeln der Kombinatorik – 16 Varianten der Paarbildung. Wenn man dann aber noch an die Mischformen mit den grenzensprengenden Männertöchtern und nähesuchenden Töchtervätern denkt, bleibt man übersichtshalber besser ganz alleine nur mit sich.

Pohl, Witta – Witta Pohl, einstige ehemalige unvergleichliche Mutter Vera Drombusch! Mutter? Sagte ich Mutter? Wo es doch heißen sollte in Ewigkeit »Überobermutter« Veradrombuschwittapohl Amen!!!

Amen? So sei es? Oh nein! Denn nun ist es nicht mehr länger! Weil ebenda, wo ehemals das Amen inbrünstig schwoll aus unseren Mündern beim tränennassen Besichtigen noch jeden Nachspanns der »Drombusch«-Staffeln I-III, in unseren Wohnstuben nämlich vor dem Fernsehapparat, es nun fürderhin nicht mehr »Amen«, sondern kläglich »Armen« schallt. »Wir Armen!« Beziehungsweise »Ich Armer!«, wenn ich allein und einzeltrauernd das Desaster schaue, welches seit Monaten ein ums andere Mal versendet wird auch in meinen Haushalt und das ich doch nicht zu fliehen vermag aus Gründen alter Verehrung, die nun nur Verblendung zu nennen sei.

»Happy Birthday« heißt das abscheuliche Serienmachwerk, in dem du, Witta, als geburtshelfende Marie zwar ein neues Leben nach dem anderen ins Licht der Welt zerrst, aber damit dir die vermeintlich für immer und alle Zeiten gebührende Ikonenkrone als Inkarnation der aufopfernd alleinerziehenden Nachtschwester Vera Drombusch, diese für die Verkörperung der nur wegen der Ungnade der späten Geburt ums Mutterkreuz geprellten tapferen und hingebungsvollsten unter allen Amtsnachfolgerinnen der faltigen Meisel Inge verliehene Krönungsinsignie durch Mitwirkung an eben diesem *Scheißdreck* von einer Dilettantenseifenoper höchstselbst wieder vom Kopf reißt.

Warst es nicht du, Wittadrombuschverapohl, die einst als anbetungswürdigstes Muttermuster westlich von Nowosibirsk zu Recht gepriesen wurdest von mir, deinem glühendsten Verehrer? Warst es nicht du, Muttervera, die mir erschien in grauer Vorzeit als Drombusch-Clan-Patin und unverwundbare Durchschreiterin tiefster Lebenstäler inklusive leberzerfetzender Alkoholsucht, als ideales Sinnbild der dem Otto-Katalog entsprungenen, modernen Trümmerfrau?

Ja, du warst es, die noch das schmierigste Gesülz des Fettlops Onkel Ludwig alias Strack Günther nicht zu fällen vermochte und nicht das qualvolle Dahinscheiden deines angetrauten Lebenskameraden Siggi Drombusch und nicht das elendige Drehbuchdiktat, welches dir je einen schlappen Schupo und einen pubertierenden Stehgeigerfaulsack ins Eigenheim befahl. Nein! Das alles stecktest du weg wie trocken Brot und blicktest kalt und stechend zurück auf das Drombuschschlachtfeld, auf dem sie alle krepierten wie auf der einzig wahren Modellmülldeponie der Serienfriedhöfe.

Ja Verawitta, du warst die erste Untote im Abendprogramm des Zweiten Deutschen Fernsehens. Du warst es und wärst es ewiglich geblieben in meiner Erinnerung, hättest du dich eben nicht metamorphorisiert und wärest eben nicht unsinnigerweise und eines Originalzombies unwürdig auferstanden als frischpressende Hebamme Marie in der Arbeitsgemeinschaft Deutscher Rundfunkanstalten, die fortan nur noch geschimpft werden soll »Erster Deutscher Geburtskanal«.

Sollst du neues Leben schaffen als geburtsmodellierende Assistentin des großen Schöpfers mit der Scheibe? Du? Einstige Teufelin und einzige Überlebende der endgültigsten aller Familienhinrichtungsserien? Nein – das sollst du nicht! Aber du tust es! Und deswegen bist du endgültig gestorben für mich und alle anderen tief und ehrlich empfindenden Abziehbildersammler! Veradrombuschwittapohl! Ich kenne dich nicht mehr!

Pütz, Jean – Im direkten Vergleich mit dem gruselig beschnäuzerten Troll Jean Pütz sieht selbst Jürgen von der Lippe wie ein Augenschmaus aus. Für Hausfrauen, Heimwerker und Hobbyköche betreibt Pütz im WDR seine »Hobbythek«: »Essen sie sich gesund bei Rheuma, Gicht und Knochenschwund«, »Hilfe gegen Mücken und Motten«, »Backen delikater Brote leichtgemacht...« Aber Pütz will noch höher hinaus und langt noch tiefer hinab. Dem einschlägigen Bestseller von Carmen Thomas (»Urin – ein ganz besonderer Saft«) stellte er 1996 ein eigenes Werk an die Seite: »Darm & Po – gesunde Pflege von innen und außen«.

Um sich und sein Buch ins Gespräch zu bringen, ließ er sich beim Scheißen im Wald knipsen, und am 15. November 1996 setzte er sich vor laufender Kamera aufs Klo und erläuterte die Vorzüge und Nachteile verschiedener Arschwischtechniken.

Das Cover von »Darm & Po« zeigt einen entblößten verlängerten Rücken im Profil. Auf der Rückseite des Buches sind Jean Pütz und seine »Darm & Po«-Co-Autorinnen Christine Niklas und Ellen Norten zu sehen; sie halten Vollkornbrote, Zäpfchen und Klistiere in den Händen. »Darm & Po« wartet mit verblüffenden Erkenntnissen auf: »Völlig falsch war es – wie bisher geschehen –, das Herz als Zentrum des Gemüts und der Seele anzusehen. Nach dem heutigen Wissensstand muß man dieses Vorrecht fast ausschließlich dem Darm – oder besser gesagt den Organen im Bauch – zuordnen.« Einen verwandten Gedanken hatte ein Vierteljahrhundert vorher Ingo Insterburg ins Wort erlöst: »Im Herzen wird es warm durch die Weihnachtsgans im Darm.«

Die Kapitel tragen stimmungsvolle Überschriften: »Verdauungsmeister Dünndarm«, »Stark im Nehmen: Der Dickdarm«, »Aromazäpfchen mit Teebaumöl«, »Wurst, Haufen und Pup«, »Gekringel am Po – der Madenwurm« sowie »Kleiner Einlauf à la Hobbythek«, »Großer Einlauf à la Hobbythek« und »Gleitcreme à la Hobbythek« – wer es noch genauer wissen möchte, kann sich detailliert darüber informieren, wie Jean Pütz seine Morgentoilette verrichtet: »Zunächst reinige ich wie üblich den Po mit Toilettenpapier, aber nur oberflächlich. Dann gehe ich ans Handwaschbekken, lehne mich rückwärts an, entnehme etwas von der Analwaschcreme...«

Genug. Es gibt Geheimnisse, die besser ungelüftet bleiben. Wir merken uns: Jean Pütz nimmt an, daß es Menschen gibt, die ihn am liebsten von hinten sehen. Da hat er recht. Aber er hat die falschen Schlüsse daraus gezogen.

Pusch, Luise F. – Ist nicht nur eine Frau und Sprachwissenschaftlerin und als solche eine engagierte und streitbare Verfechterin weiblichen Sprechens und Schreibens, sondern auch und nicht zuletzt (beziehungsweise gerade deshalb) weiblichen Herausgebens. So gab sie nicht nur die »Mütter berühmter Männer« heraus, sondern auch die »Töchter berühmter Männer« und sogar die »Schwestern berühmter Männer«. Und schon freuen wir uns auf die »Nichten berühmter Onkels« und die »Tanten berühmter Neffen«. Nur die Phantasie und die Gesetze der Kombinatorik können diesem Schöpferinnenwillen eine natürliche Grenze setzen.

Ranke-Heinemann, Uta – Die Theologin Uta Ranke-Heinemann gilt als wahnsinnig, ja ungeheuer unbequeme Christin. Als sie vor mehreren Jahren, einer vermutlich langgereiften Eingebung folgend, den Mythos der sog. unbefleckten Empfängnis als eben »Mythos« diagnostizierte und den Blitz als kritischen Gedanken in die Umwelt warf, entzog ein kluger Christenbischof ihr ganz fix die Lehrerlaubnis. Aber egal – wer diese Frau kannte, der wußte, daß es Häresien und Entlarvungen nun erst richtig hageln würde! Und wirklich: Die katholische Kirche sei »autoritär strukturiert«, lautete der überzeugten Gottestochter dann als nächstes vorgebrachte Kampfthese und zeitigte auch gleich ihr 400. Buch: »Eunuchen für das Himmelreich«. Grundtenor: Im Himmel, wie Uta ihn verstand, würde höchstwahrscheinlich doch auch mal gevögelt werden, auch Maria und Josef hätten das gemacht, da würde sich der Bischof schon noch umgucken. Wieder bat der arme Würdenträger, sie möge bittebitte ruhig sein oder immerhin nicht gar so laut. Doch die kratzige Jeanne d'Arc aus Essen-Rüttenscheid legte nun erst richtig los und sprach in der *Westdeutschen Allgemeinen Zeitung*: »Nur ein Marterpfahl in der Kettwigerstraße (Essener Einkaufszone, d.V.), nur ein Scheiterhaufen am Hauptbahnhof kann mich zum Widerruf bewegen!«

Dazu kam es nicht. Seit damals aber frag' ich mich, ob ich wohl hingegangen wäre. Ob ich zum Gucken hingefahren wäre mit dem Bus für 2,30 Merk und mir die ganze Qualmerei und Schreierei wohl angetan hätte. Bei Gott, ich glaube, ja. Und das erschreckt mich irgendwie. Daß ich so etwas in mir habe, so eine makkerhafte Aggressivität und alles. Die Heinemann im Streß, und ich steh' da und esse Bratwurst!

Keine schöne Vorstellung. Doch bleiben wir noch eine Zeitlang beim Procedere: Der Bischof ordert Heu bei einer ländlichen Pfarrei des Essener Südens, am betreffenden Morgen wird's per Straßenbahn zum Hauptbahnhof gebracht, blasse Meßdiener bauen einen Scheiterhaufen draus, und überall Zuschauer, Männer, Frauen und Kinder, die Bahnhofsdrogenszene. Und natürlich die Presse. Warum sie eigentlich nicht widerrufe, fragt ein Praktikant des WDR die sichtlich stolze Theologin, das sei doch scheißegal. Nebenan erläutert ein von Mikrophonen umringter Hilfspfarrer das Verfahren, kurz darauf verlesen die Grünen eine Protestnote. Die City ist derart gerammelt voll, daß die Polizei den Verkehr umleiten muß. »Was ist denn los?« fragt ein Autofahrer. »Professorinverbrennung«, informiert der Polizist. »Bitte benutzen Sie die Umleitung.«

Nach einer halben Stunde ist alles vorbei.

Rathenow, Lutz – Er sei »fast jederzeit preisempfangsbereit«, teilte der Dichter Lutz Rathenow am 15. Juni 1996 der *Frankfurter Rundschau* mit, und so, wie das eben nur Lutz formulieren kann, war es dann auch: Einen Tag später nahm Rathenow in München den von der streng konservativen Deutschland-Stiftung ausgelobten Konrad-Adenauer-Preis für Literatur entgegen.

Überreicht wurde der Preis von Steffen Heitmann, die Laudatio hielt Reiner Eppelmann, zu den Zuhörern gehörten u.a. Helmut Kohl, Wolfgang Schäuble, Theo Waigel, Norbert Blüm, Alfred Dregger, Otto von Habsburg, Kurt Ziesel und ein Luftwaffenmusikkorps, und der Konrad-Adenauer-Preis für Publizistik wurde an Heinz Klaus Mertes – bzw. Kleinz Haus Mertes, wie er von Ulrich Wickert genannt wird – vergeben. Kurz: Zur gegenseitigen Salbung war ein Gutteil der Truppe angetreten, die hierzulande für die Abwesenheit von Geist, Schönheit, Stil und Geschmack verantwortlich zeichnet.

Und mittendrin saß Lutz, die Qualle aus Jena. Und freute sich. Halslos, schweißbedeckt und schnaufend hockte er da und konnte sein Glück kaum fassen: Einer, dessen Karriere darauf fußt, daß die Stasi sein falsches Deutsch für subversiv hielt, und dem es gelang, auch nach dem Ende der DDR noch auf dem Dissidententicket zu reisen, obwohl das längst abgelaufen sein müßte; einer, der Sätze schreibt wie »Taten tuten vielzersprechend«; einer, der seit Jahren jede Literaturredaktion des Landes aufdringlich mit sich und seinem Gekäse beseppelt; einer, dem nichts peinlich und der sich selbst für wahrhaft nullkommanichts zu schade ist; einer, der zur Sprache ein Verhältnis hat wie ein Vergewaltiger zu seinem Opfer; einer, dessen Gedichte, wie Laudator Eppelmann stolz vermeldete, »auf die Baguette-Tüten eines bekannten Holzofenbrotbäckers gedruckt werden«; einer, der zu guter Letzt auch noch so aussieht, daß er den Spitznamen »Mops mit Fotzenbart« völlig zu Recht trägt, der kriegt, was ihm zukommt: die Gesellschaft von Kohl, Mertes, Waigel, Dregger, Blüm, Schäuble, Habsburg, Ziesel und der Bundeswehr. Um diese kleine Vorhölle zu komplettieren, fehlten allerdings noch Manfred Kanther und Rathenows Bruder im Fleische, Helmut Markwort.

Tröstlich, weil die Legende von der Klugheit der Rechten hübsch widerlegend, ist es, daß der CDU-Haufen in München sich mit einer der nudeligsten aller Betriebsnudeln schmückte und so auch seinerseits bekam, was ihm gebührt: Lutz. Denn wer zur Qualle greift, wird durch die Qualle umkommen.

Reich-Ranicki, Marcel – Oft kommt es nicht vor, daß die *Bild am Sonntag* etwas über die Belange der Literatur und ihrer Kritik mitzuteilen hat. Wenn sich die Sache aber mit Geschrei und Untenrum zusammenschnüren läßt, sind auch die Jungs von der Springer-Lohnliste mit von der Partie. »Schriftstellerin bot Sex für eine gute Kritik«, hieß entsprechend die Überschrift eines Interviews mit Marcel Reich-Ranicki, das die *BamS* am 29. Juni 1997 veröffentlichte; da klang schon fast alles an, was die *BamS*-Truppe und Reich-Ranicki selbst unter *Literarischem Leben* subsumieren.

»Hat ein Autor, hat ein Verlag schon einmal versucht, Sie zu bestechen?« fragt die *BamS* treuherzig; »schon einmal« ist wirklich komisch formuliert. Reich-Ranicki antwortet routiniert: »In einer sehr ungünstigen Besprechung eines Buchs von mir im *Spiegel* – ganz zu Anfang meiner Laufbahn – stand, ich sei unbestechlich. Das hat die Branche wohl geglaubt. Die Folge ist: Kein Verleger hat versucht, mich zu bestechen.« *BamS* fragt nach: »Ein Schriftsteller?« Reich-Ranicki wählt die Methode »Wenn der Senator erzählt«: »Vor vielen Jahren hat eine Romanautorin mich spätabends in sehr unmißverständlicher Weise in ihr Hotelzimmer eingeladen. Ich bin nicht hingegangen, habe auch nichts über ihr Buch geschrieben. Im Gegensatz zu einem Kollegen, der das Angebot angenommen, mit der Frau geschlafen und sich anschließend lobend über ihr Werk geäußert hat.«

Wer nun dieser »Kollege« gewesen ist – Hellmuth Karasek? Jürgen Busche? Werner Fuld? Reich-Ranicki unter Pseudonym? –, will die *BamS* nicht wissen, sondern fragt lahm: »Der Name der Dame?« Reich-Ranicki freut sich und redet sich selbst zum Munde: »Jetzt kommt die Pointe. Ich habe ihren Namen vergessen. Sie spielt also keine Rolle in der Literatur.«

Das stimmt zwar nicht, klingt aber nach dem, was Reich-Ranicki für eine gut erzählte Geschichte hält; die Sache trug sich wohl eher so zu, wie sie eine Frankfurter Schriftstellerin erzählt: daß Reich-Ranicki ihr nach einem Essen launig mitteilte, er habe das Dessert für beide bereits aufs Zimmer bestellt; ihre Ablehnung des Kopulationsbegehrens habe wiederum Reich-Ranicki mit Racheakten in der *FAZ* quittiert, wo er die Schriftstellerin zuvor, als er sich für seine Avancen noch Chancen ausrechnete, heftig gelobt hätte.

Branchenbekannt ist auch das Reich-Ranickische Renommieren vor versammelten Hotelbarmannschaften, sein großes Geprahle mit tatsächlichen oder erfundenen Bettgeschichten und seine ohne jede Zurückhaltung zur Schau gestellte Begeisterung darüber, daß der Betrieb eben grundkorrupt funktioniert und hie und da tatsächlich auch für einen alten Knacker wie ihn noch sexuelle Früchte abwirft. Gerne begrüßt Reich-Ranicki Literaturbetriebsangehörige, so wird's von eben diesen Literaturbetriebsangehörigen erzählt, mit der Frage: »Wen fickän Ssie dänn gärradä?« Beinahe will einem seine legendäre Unterhosenschnüffelei und seine Neugier, die Bettlaken des Betriebs betreffend, schon romanhaft komisch erscheinen, wie er ja auch als Diktator seines *Literarischen Quartetts* in der Öffentlichkeit fast ausschließlich als komische Figur wahrgenommen wird, als TV-Kaschperl, und nicht als Machtmensch. Komisch aber ist der redundante Thomas-Mann-Werbetrommler und Vielsprecher Reich-Ranicki nur unfreiwillig, z.B. wenn er – Hut ab! – das Kunststück fertigbringt, seine schwarzen Socken bis zum Skrotum hochzuziehen.

Da man ihn aber als HB-Männchen des literarischen Betriebs kennt und ihm genau deshalb allerlei nach Büchner, Heine etc. benannte Preise nachgeworfen werden, attestiert ihm eine von genauerer Kenntnis unbelastete Öffentlichkeit automatisch eben auch etwas zumindest in diesem Betrieb Ragendes – zwischen Sigrid Löffler und Hellmuth Karasek ist allerdings auch leicht ragen.

In dem Sinne, wie die Sittenpolizei Schlüpfrigkeit erst produziert und ermöglicht, ist Marcel Reich-Ranicki der Tugendwächter des Literaturbetriebs: Ausgerechnet einer der korruptesten von allen singt das Hohe Lied von der eigenen Unbestechlichkeit. Und sortiert putzmunter und geschäftig ein und aus, wer ins *Literarische Leben* des Landes gehört, ins Bordell zum fröhlichen Marcel.

Richling, Mathias – Der schwäbische Kabarettist Mathias Richling, seit den achtziger Jahren als Kohl-Imitator unterwegs, muß jetzt doch etwas korrigieren. Bzw. »noch was beRICHLINGen«. Denn so, haarscharf und exakt so geschrieben, heißt sein Kabarettprogramm von 1997: »Ich muß noch was beRICHLINGen«. Tatsächlich »beRICHLINGen«, wahr und wahrhaftig »Ich muß noch was beRICHLINGen«. Gegen einen, der so was ersinnt und in Druck gibt, kann man nicht kämpfen. Nur die Waffen strecken und schweigen.

Riefenstahl, Leni – Eine Widerstandskämpferin erster Klasse, die Hitler bereits 1933 wegen seiner »Judenpolitik« »zur Rede stellte«, aber Hitler setzte sie doch glatt vor die Tür. Gemein. Noch viel gemeiner war, daß sich die ganze Welt ab dem Spätsommer 1939 gegen die arme Leni verschwor. Und das kam so: »Ich wollte Kleists ›Penthesilea‹ verfilmen und machte vorher noch eine Bergtour in die Alpen, um mich zu stärken. Als ich vom Gipfel herunterkam zu einer Jagdhütte und mir da jemand sagte: Es ist Krieg – von dem Augenblick an stürzte für mich eine ganze Welt zusammen, meine Filme, meine Pläne, alles. Danach erlebte ich nur noch dramatische, schlimme Momente, unterbrochen von einigen Höhepunkten.« Da könnte man schon echt Mitleid kriegen mit der Frau, die sich »für Hitler vor allem aus sozialen Gründen, wegen der Not der Arbeitslosen etwa, interessiert [hat], nicht aus ästhetischen – die Nazi-Inszenierungen haben mir gar nicht gefallen.«

Leni Riefenstahl mit Hitler als Vorkämpferin für die gerechte Sache, die »Triumph des Willens« und ihre Olympia-Filme quasi nur widerwillig und aus innerer Opposition heraus gedreht hat, die Hitler wegen seiner »Judenpolitik« ins Gewissen redete, die aber im Grunde ja »sowenig Ahnung hatte [...] von der Politik«, daß sie meistens erst hinterher erfuhr, wem sie eigentlich die Hand geschüttelt hatte, diese schönrednerische Schnepfe, die einfach nicht abtritt und immer und immer wieder ihr Leid als eigentliches und wahres Opfer des Nationalsozialismus beklagt, diese dämliche Gans also ist für den *Spiegel* eine glaubwürdige Zeitzeugin und die ideale Besetzung als Kronzeugin gegen Goldhagen, denn Riefenstahl kannte »überhaupt keine Antisemiten«, ja, sie wußte nicht einmal, »worum es dabei ging«.

Na ja, wenn man es denn schon so fürchterlich genau nimmt, kannte sie einen, und den sogar ziemlich gut. Bekanntlich gab es ja in Deutschland sowieso nur einen Antisemiten, den einen eben, der allen anderen, aber vor allem Leni Riefenstahl, die Suppe eingebrockt hat. Und dieser eine war ein großer Verehrer, der ihr z.B. im Berliner Ufa-Palast nach der Premiere von »Triumph des Willens« Blumen überreichte und sie wie ein Honigkuchenpferd angrinste, wenn es denn Honigkuchenpferde mit einer Bürste unter der Nase gibt. Sie wiederum war fasziniert von ihm, ihm, dem sie ja dann auch aus Gründen der Verehrung zu seinem 49. Geburtstag das zweiteilige Olympia-Epos präsentierte. Und wie jede anständige deutsche Frau eben, die bei seinem Anblick ganz naß wurde, war auch Leni angetan von seiner »ungeheuren Ausstrahlung« und »magischen Wirkung«, weshalb in ihren Werken der Führer gottgleich erstrahlte.

Wenn die beiden zusammengefunden hätten, Deutschland wäre durch nichts mehr aufzuhalten gewesen. Aber aus dem Traumpaar wurde dann doch nichts, da war Eva Braun vor. Und außerdem, tröstet sich Leni Riefenstahl heute, war Hitler aus der Nähe betrachtet doch bloß ein »häßlicher Mann«, und sie stand eben mehr auf schöne Jungs mit richtigen Knackärschen.

Rinser, Luise – Luise Rinnsal, Ruine Linser – der Wortspiele über die Hardcore-Kitschschwester, grüne Möchtegern-Ex-Bundespräsidentin und auch sonst ziemlich einschlägig vorbelastete Kim-Il-Sung-Anbeterin sind genug gespielt. Wir sollten das Hassen endlich lassen. Wir könnten sie statt dessen bemitleiden. Es wäre sicherlich in Luises Sinne.

Röhl, Klaus Rainer – Klaus Rainer Röhl arbeitet auf. Und zwar die Vergangenheit. Bis heute zehrt Klaus Rainer Röhl davon, einmal Herausgeber der Zeitschrift *konkret* und Mann von Ulrike Meinhof gewesen zu sein. Er lebt vor, wie man mit dem Trauma, einmal mit Kommunisten zu tun gehabt zu haben, fertig werden kann. Dabei kam er zu dem Ergebnis »Fünf Finger sind keine Faust«, welches er in einem gleichnamigen Buch niederschrieb. Die Abrechnung mit den »linken Lebenslügen« wurde bei Klaus Rainer Röhl zur Obsession. Ihm ist es zu verdanken, daß die »linken Lebenslügen« im Poesiealbum all derjenigen Konjunktur haben, die Jürgen Busche einmal als »anpassungsflinke Intellektuelle in der ehemaligen Linken« bezeichnete, weshalb der Begriff Eingang in »Das Wörterbuch des Gutmenschen« gefunden hat.

Klaus Rainer Röhl freundete sich mit Ernst Nolte an, bei dem er über sein Lieblingsthema »rinks gleich lechts odel umgekehlt« plomovielte. Arg geiselte er auch diejenigen Linken, die nicht daran dachten, Deutschland, »seine Kultur, seine Sitten und seine Geschichte zu lieben«, wie Röhl es aber für sowas von unabdingbar hält. Diese neuen Vaterlandsverräter haben sich in seinen Augen des »deutschen Nationalmasochismus« schuldig gemacht, weil sie nicht wie Röhl davon ausgehen, daß die »jugendlichen Brandstiftungen« in der DDR »spontaner Bierdunst-Aggressivität zuzuschreiben« seien. Da zieht der alte Kämpe, dessen hurrapatriotisches Gebrüll auch seinen Kollegen im Geiste der »Selbstbewußten Nation« manchmal etwas aufdringlich erscheint, noch mal in die Talkshow-Schlacht mit kanariengelbem Hemd, hält seine Bücher in die Kamera und kämpft seinen Kampf gegen die »Zerknirschungsmentalität« und gegen die deutsche Sprache, denn wo »Brandstiftungen« Jugendlichkeit ausstrahlen, wo es eine »Dummheit auf dem linken Auge« zu bewundern gibt und die Kinder des »RAF-Anwalts Paul Schily« »mit Tonnen von Bananen groß geworden sind«, da ist Klaus Otto bzw. Rainer Röhl am Werk.

Obwohl er sie zu lieben vorgibt, die deutsche Sprache, steht er mit ihr auf Klumpfuß, und genau das scheint Röhl dazu getrieben zu haben, ein »Deutsches Phrasenlexikon« zu schreiben, in dem er ernsthaft empfiehlt: »erst mal ablachen«. Er selbst scheint also nicht besonders von seinem Zeug überzeugt zu sein, wenn er dem Leser den spitzen Ellbogen kumpelhaft in die Seite rammt und ihm mitteilt, das er bei der Lektüre »Höhö« machen soll, wo der Arme gerade nach Luft schnappt. Der aber muß schon arg vom Schicksal gebeutelt worden sein, wenn er allein bei der dauernden Erwähnung von »Autonomendeutsch (= Scheißdeutsch)« oder »Toskanadeutsch« anders darauf reagiert als mit einem Gähnkrampf.

Röstel, Gunda – Wer oder was ist Gunda Röstel? Sie ist Sonderschulpädagogin aus Flöha. Sie ist rätselhaft lang und ebenso schön. Wenn sie in einer Talkshow nett gebeten wird, greift sie »spontan« zur Gitarre und singt ein Lied von J. Lennon. Dabei liegt sie reichlich einen halben Ton neben der Gesangsstimme, was die sie begleitende Gitarre jedoch nicht wissen kann. Aber sie ist ja nicht die Sängerin, sondern Sprecherin von Bündnis 90/Die Grünen. Bei ihrer Wahl versprach sie sehr mutig, daß sie »es nicht jedermann recht machen« werde. Seitdem hat sie sich nur mit Abscheu geäußert, und zwar gegen Kommunisten. Sie ist die antikommunistische Sprecherin der Grünen. Einen intimen Einblick in ihr Privatleben gestattete sie der *Lausitzer Rundschau.* Was treibt unser Röstel nach einer Woche fern der erzgebirgischen Heimat? »Das kommende Wochenende werde ich zu Hause in Flöha ganz in Familie verbringen... Über die Eindrücke dieser Begegnung [welche das war, ist hier völlig wurscht, sie war aber ›wichtig‹ und ›interessant‹ – d.V.] werde ich mich mit meinem Mann austauschen, und dann ist die Wäsche zu waschen. Unkrautzupfen ist dringend notwendig. Auch wenn ich dabei meine Schwierigkeiten habe zu erkennen, was was ist. Am Sonnabend ist faul sein angesagt. Wir werden ausschlafen und frühestens halb elf frühstücken. Abends werden wir ins Großraumkino nach Chemnitz fahren. Sonntag ist bei schönem Wetter ein Ausflug entlang des Hetzlbachtales zum Großwaldersdorfer See vorgesehen. Die Regenvariante bedeutet: Wir werden mit den Kindern Marthe und Tobias Scrabble oder ›Die Siedler von Cartan‹ spielen.«

Man fragt sich willkürlich: Wann ist ficken angesagt? Das ist doch auch dringend notwendig, und zwar so, daß man bei Röstels seine Schwierigkeiten hat zu erkennen, was was ist, und was die Regenvariante bedeutet. Sei's drum – mögen sie scrabbeln! Nur soll sie sich nicht mit ihrem Mann austauschen. Schließlich wurde sie als Quotenpflanze gewählt.

Ruge, Nina – Nina Ruge würde »während der Sendung« gern mal »einen Schalter umlegen«, um »flupp ... die Kamera als Fernrohr benutzen« und sich »still und leise als Bildschirmvoyeur in die Wohnungen halb Europas stehlen« zu können. Schließlich würde sie zu gerne wissen wollen: »Was tun die Leute, wenn unser ›heute nacht‹ über die Bildschirme flimmert?«

Ein, wie Frau Ruge selbst einräumt, »kindischer Gedanke«, dessen Umsetzung glücklicherweise so unmöglich sein dürfte wie die Erfüllung ihres nicht minder kindischen Wunschtraums, daß »halb Europa« ausgerechnet dann vor der Kiste hockt, wenn sie ihr unausgeschlafenes Pferdegesicht gerade reinhält. Hinlänglich bekannt ist hingegen, was Nina Ruge tut, wenn sie sich mal nicht gerade in den TV-Kastl zwängt, um »halb Europa« mit ihren News genannten Tratschereien zu penetrieren. Das passiert ihr bei »fast täglichem Moderieren« zwar selten genug, aber raus muß es trotzdem: »Ich trinke gern mal ein Glas Wein«, erfährt so halb Europa via *Bildwoche*. Das sei schließlich »wichtig, um die Seele baumeln zu lassen: Ich muß mindestens eine halbe Stunde am Tag allein sein. Tagebuch schreiben, träumen, aufräumen, Schuhe putzen.« Selbst für den Fall, daß alle Schuhe geträumt und nichts mehr zu putzen ist, was die Schmierblätter halb Europas interessieren könnte, zeigt sich Frau Ruge gewappnet, indem sie kurzerhand aus ihrem Tagebuch vorliest: »Ich muß mir mehr Haarwuchsmittel kaufen, damit mein Fell dicker wird«, hat sie da laut *Bunte* gewohnt dünngeistig notiert. Oder sie räumt in *Bild am Sonntag* mit ihrem Ehemann auf: »Er ist noch gigantischer als New York. Er ist ein Typ mit Power und wenig Schiß vor Gefühlen.« Dafür aber, scheint's, mit reichlich Schiß vor krachenden Vergleichen, denn mittlerweile hat sich Giganto-Gatte Stefan von ihr abgeseilt. »Ich bin sehr traurig«, sagt da Nina in *BamS* und erzählt im *Express*: »Wenn ich jetzt ein Baby bekommen würde, dann okay.« Verstehe einer diese Frau Ruge.

Doch erst muß mal ein neues TV-Kind gezeugt werden, egalweg, wie wär's also mit einem »tagesaktuellen Unterhaltungsmagazin mit den Themen Entertainment, Society und Lifestyle«, darin dann Nina Ruge entertainmenthalber einen fragt: »Können Sie noch pumuckeln?« Daß sie auch was von Society versteht, beweist ihr Interview mit Daimler-Chef Jürgen Schrempp, das sie in einem Aufwasch mit einem privaten und offenbar wohl honorierten Rendevouz mit Schrempp fürs ZDF führt. Das ist dann jedoch selbst ihrem Chefredakteur Bresser etwas zu viel an Life style: Frau Ruges private Verpflichtungen dürften auf keinen Fall mit den beruflichen des ZDF vermengt werden, rüffelt er sie neidisch. Wie aber sagt die privat übrigens 1956, beruflich jedoch erst 1960 geborene Frau Ruge immer zum Programmschluß: »Alles wird gut!«

Dabei wird doch erst alles gut, wenn die Fernbedienungen eines Tages auch als Maschinengewehre nutzbar sind: einfach einen Schalter umlegen und ratatatata! losballern, sobald Frau Ruge auf dem Bildschirm erscheint. Bis die Fernbedienungen produzierende Industrie jedoch technisch so weit ist, wird man sich wohl mit dem herkömmlichen Aus-Schalter begnügen müssen. Nur so ist Frau Ruge einigermaßen zu ertragen.

Schabowski, Günther – Der Staatsanwalt im Politbüroprozeß hatte kein Verständnis für den Kniefall des Schabowski vor der deutschen Justiz. Erst morden, dann bereuen? Soweit kommt's! Staatsanwälte kennen das. »Wie tief wird meine Familie und mich meine politische Vergangenheit noch drücken?« fragte er in den Gerichtssaal. Wie tief – das konnte man hören und sehen.

Dennoch empfindet Schabowski Dankbarkeit. Denn »es hätte schlimmer kommen können ... Danke«. Danke für das System an sich, »die beste aller möglichen Gesellschaftsordnungen«, wie das Schabowski gern über die DDR gesagt hat. In ihm darf er als fleißiger Redakteur eines Anzeigenblattes im Süddeutschen schaffen, und es beschert ihm die glückliche Erfahrung, vor Gericht zu stehen und zu lernen, immer wieder zu lernen: »Inzwischen lebe und arbeite ich einige Jahre schon in dieser anderen Welt. Ihre von mir selbst erzeugte Hochglanzvariante [keine Ahnung, wann er die erzeugt haben will – d.V.] ist einer realistischeren Ausfertigung des Gesellschaftsbildes gewichen. Sie bezieht die Unzulänglichkeiten ein, von denen die Gesellschaft nicht frei sein kann«, denn niemand ist perfekt. »Damit wird ihr Erscheinungsbild wetterfester, ehrlicher. Sie erweist sich als eine Gesellschaft, die Irrtümer zuläßt, aber auch die Möglichkeit ihrer Korrektur. Gerade das macht sie lebenstauglicher und lebenswerter.« Er wischte sich den Speichel aus den Mundwinkeln, legte die Dackelfalten auf und sprach einen der halsbrecherischen Umkehrschlüsse aus, die ihn als Demagoge der SED, Chefredakteur des *Neuen Deutschland*, von seinen Genossen liebevoll »Schabo« bzw. »das Arschloch« gerufen, über die Grenzen des sozialistischen Lagers hinaus bekanntgemacht hat: »Denn bei allem kritischen Getöse über die Schwächen von Politik – ich höre nirgendwo, von keiner Seite den Ruf, das System zum Teufel zu jagen, wie es uns in der DDR widerfahren ist.«

Das hätte er in der DDR nicht besser machen können – Kritik ist kritisches Getöse, und falls es was zu kritisieren gibt, dann sind das die »noch mancherorts hier und da vorhandenen Schwächen und Mängel«.

Allzu rasch wurde vergessen, daß der Osten Schabo die Maueröffnung und der Westen ihm die Wiedervereinigung in Freiheit verdankt. Leider ist »die Empfehlung, die Herr Bahr hier geäußert hat, für die Maueröffnung das Bundesverdienstkreuz zu vergeben und für unsere Sünden Festungshaft zu verhängen, [...]

auch nicht praktikabel«. Aber gerecht wäre sie – für Schabowski den Orden, Festungshaft für Krenz.

»Aber bin ich ein Totschläger«, »Bin ich ein Schreibtischmörder?« Nicht doch! Wenn er bellend, wie man ihn im Ohr hat, den »zuverlässigen Schutz der Grenze«, ihre »Unverletzlichkeit« beschwor, dann waren das nur »Phrasen«, sagt er – und jeder einigermaßen gewitzte DDR-Bürger hätte das merken müssen. Aber tu was gegen die Dummheit der Menschen, die nicht richtig hinhören!

Nun sind welche tatsächlich verblutet, was den Angeklagten »schämen macht«. Naheliegender wäre, er machte sich tot, wie das von Befehlshabern verlangt werden kann, die ihre Soldaten, »diese jungen Menschen«, in sinnlose Gemetzel getrieben haben. Aber totmachen kann er sich nicht, denn er hat noch viel mit sich vor. Deshalb bittet er seinen Richter, »weiter einen bescheidenen Beitrag zu dem Kapitel jüngster deutscher Geschichte« leisten zu dürfen. Getreu dem Motto seiner Partei: Die Geschichte sind wir!

Scharping, Rudolf – Über die SPD zu schreiben, verbietet sich eigentlich, denn auf tote Gäule soll man nicht einschlagen. Aber dieses eine Mal muß es doch sein, denn das Elend hat ein Gesicht weniger: das von Rudolf Scharping.

Ganz umsonst ließ er sich bei Thomas Gottschalk in »Wetten, daß...?« den Bart stutzen, vergeblich strampelte er sich auf hartem Rennradsattel wund, und auch die Gestik-Workshops – ganzheitlich nach Goethe: Fünf Finger sind ein Faust – waren Zeit- und Geldverschwendung. Da konnte das Männchen rakkern, wie es wollte, es sah doch immer nach Simulation aus, nach Karikatur.

»Schlafes Bruder« hatte ihn *Titanic* gekauft, und –

butz! – war er hin. Derart imprägniert gegen die Wahrnehmung jeder Wirklichkeit aber hatte sich Scharping, daß er nicht einmal seinen eigenen Exitus bemerkte. Mit dröhnendem Pathos – das bei ihm allerdings Pathöschen heißen müßte – stellte er sich hin und wählte auch am 19. November 1995 im Parlament instinktsicher die lächerliche Pose. Wenigstens im Verlieren wollte er Größe zeigen und machte sich doch wieder nur zum Dörrobst: »Oskar, vieles hat weh getan, aber wir haben ein Ziel, das größer ist als wir selbst«, dichtete er sich und seinen Leuten eine Idee, ja eine Vision an. Als er sich dann hinsetzte, standen alle anderen auf, womit sie tatsächlich größer waren als er, und dann klatschten sie, weil sie ihn endlich, endlich los waren, Helmut Kohls besten Mann.

Nie hatte es soviel Beifall gegeben für Scharping, als er noch die olle Teppichfliese gewesen war; erst die Fußmatte der Partei wurde frenetisch gefeiert. Er ließ es sich gefallen. An seinen Henkern leckte er noch herum, dafür lobten sie ihn und erklärten mit Trauermiene, durch die das Grienen schimmerte, wie wichtig er doch sei für die Partei. Das ist Sozialdemokratie: Eine Leiche damit trösten, daß sie unkündbar ist.

Verändern kann die Verhältnisse allenfalls, wer weiß, wie man sie mit Würde trägt. Was aber machen Leute, die von Würde keinen Begriff haben? Sie nennen sich Rudolf Scharping, bechern fleißig den Kakao, durch den man sie schleift, und sagen ganz ganz tapfer: Oh, das war lecker, vielen Dank.

Schautzer, Max – Ein Mann, der mit einer grandiosen Fehleinschätzung seiner Person Geld verdient, denn er glaubt, die Leute würden ihn anhimmeln, weil er so gut Shows moderieren kann, dabei ist es sein treudoofer Hundeblick, dem er alles verdankt und der den »Ist er nicht süß?«-Instinkt seines Publikums weckt. Die goldige kleine Promenadenmischung, für die ihn sein Publikum hält, bellt nicht, knurrt nicht und kläfft nicht, sondern macht immer brav wuff wuff, und zwar immer nur dann, wenn's ihm gesagt wird. Er spricht also perfekt die Sprache, die jeder versteht, was ihn dazu ermuntert hat, über das »Moderieren vor großem Publikum« zu schreiben. »Wer mit dem Publikum ehrlich umgeht«, meint Max Schautzer, »hat gewonnen [...]. Erkläre ganz ehrlich, was zu dieser oder jener Panne geführt hat, gestehe Fehler ein, sage, wie du dich selbst in diesem Augenblick fühlst.«

Vielleicht ist es jetzt etwas beckmesserisch, und Raymond Chandler hätte womöglich gesagt »Du hast mir zuviel Moral auf der Pfanne, und das ein bißchen zu plötzlich« – schön und gut, kann alles sein, aber manchmal muß man einen solchen, mit Gutmenschenvokabeln vollgestopften Hampelmann wie Schautzer eben mit der Schnauze in den Haufen, den er produziert hat, hineintunken und ihm sagen, daß die Ehrlichkeitsmasche, auf der er herumreitet, nur zwei Seiten später von ihm selbst desavouiert wird. Dort erzählt er nämlich von der »RIAS-PARADE 84 in der Berliner Deutschlandhalle«, als »eine Tragbahre mit einem Mann in unmittelbarer Nähe abgestellt [wurde]. Wir konnten genau beobachten, wie er massiert und mit Sauerstoff versorgt wurde. Er hat nicht überlebt. Auf der Bühne ging die Show weiter. Wir waren geschockt, durften uns aber nichts anmerken lassen.« Keinen Ton gegenüber seinem Publikum, und wenn man sonst nie wissen wollte, wie dieser Mann sich fühlt, in diesem Augenblick hätte es mich schon mal interessiert, wie er das seinem Publikum ganz »ehrlich« rübergebracht hätte. Vielleicht so? »Hier endlich und lange erwartet, meine Damen und Herren, sind sie, die fleißigen Sanitäter ... Applaus! Danke, das haben sie nämlich auch verdient, denn sie sind rund um die Uhr im Einsatz. Und auch heute müssen sie wieder alles geben. Und wir wissen, daß sie nichts unversucht lassen werden, um diesen Mann hier, der gerade in Ohnmacht gefallen ist, wieder hinzukriegen. Oh, ich bekomme gerade gesagt, daß es sich um eine Frau handelt. Das müssen Sie, liebes Publikum, aber jetzt entschuldigen, denn da stehen so viele Leute um diesen Menschen herum, daß ich gar nichts erkennen kann. Und da passieren einem dann schon mal solche Mißgeschicke. Vielleicht wäre es ja möglich, daß die Schaulustigen etwas zur Seite treten, damit die Kamera etwas mehr Platz hat. Wäre das möglich? Ja, danke, so ist es gut. Ja, die Sanitäter, sie opfern sich hier auf, sie geben das Letzte. Und deshalb vielleicht noch einen Applaus für die riesige Leistung dieser eingespielten Mannschaft ... Danke. Die Sanitäter haben jetzt eine Sauerstoffmaske zum Einsatz gebracht. Es ist ein Wettlauf mit der Zeit, meine Damen und Herren. Werden sie es schaffen, den leblosen Körper wiederzubeleben? Gerade bekomme ich die Nachricht herein, daß es sehr schlecht aussieht. Ich muß Ihnen gestehen, meine Damen und Herren, ich fühle mich gar nicht gut.« Ja, so ähnlich hätte es sich abspielen können. Und da wäre Max Schautzer ganz ehrlich gewesen, ganz bei sich selbst.

Schellenbaum, Peter – Ein Schweizer Püschotherapeut auf der »Spur des verborgenen Kindes«. Nach dem Alice Millerschen Drama des begabten Kindes ist das mal etwas ganz erfrischend anderes. »Im vorgeburtlichen Leben, ja, im Moment der Empfängnis selbst, in der Geburt sowie den einzelnen Stadien der Kindheit sieht er das natürliche Potential für ein positives Leben angelegt. Dieses Potential ist verschüttet, verdrängt oder pervertiert und muß wieder zugänglich werden«, umwirbt Schellenbaums Verlag die potentiell verschüttete, verdrängte und pervertierte Leserschaft und bestätigt das dunkle Ahnen, daß man mit dem positiven Denken gar nicht früh genug anfangen kann. »Qualitäten wie Lebendigkeit, Offenheit oder spontanes Selbstbewußtsein spürt Schellenbaum auf seinem Weg zum verborgenen Kind in uns nach. Dabei verbindet er eigene Erfahrungen und Beispiele aus seiner langjährigen therapeutischen Praxis immer wieder mit religiösen, philosophischen und kulturgeschichtlichen Überlegungen, in denen auch die ›göttlichen Heldenkinder‹ wie Moses, Jesus, Krischna, Horus, Dionysos, Hermes oder Herakles in ihrer symbolischen Ausdruckskraft dargestellt werden. Peter Schellenbaums zentrale Einsicht in diesem Buch ist, daß die ›göttlichen‹, ›symbolischen‹ Kinder eine sehr genaue Abbildung der Stärken des realen, empirischen Kindes sind...« Abitur hat nicht jeder, aber wer hat schon keine Kindheit? Auch aus meiner eigenen langfädigen therapeutischen Praxis gerade mit verbogenen Kindern kann ich nur bestätigen, daß Peter Schellenbaum damit voll auf der richtigen Spur ist.

Schily, Otto – Eine Figur des öffentlichen Lebens, die veranschaulicht, daß Sentimentalität und Brutalität miteinander aufs schönste harmonieren. Als Otto Schily im Bundestag in der Debatte über die Wehrmachtsausstellung mit stockender und tränenumflorter Stimme seine ganz persönliche Betroffenheit zur Schau stellte, entsprach seine Gefühlsduselei ganz seinem von Kenntnislosigkeit geprägtem forschen Auftreten als Politiker. In Erich Böhmes »Talk im Turm« blaffte er die Kritiker von Bundeswehreinsätzen an, weil die daran zweifelten, daß in Jugoslawien ein Völkermord stattgefunden hat und – selbst wenn – nichts dafür spricht, daß an deutschem Wesen wieder einmal die Welt genesen soll. Argumente? Pah, blähten sich angewidert Schilys Hängebacken auf. Alles dummes Zeug, kläffte er, dem der Knochen sichtlich schmeckte, der ihm von Rühe und Schäuble hingeworfen worden war. Und anschließend erholte er sich dann vermutlich bei klassischer Musik.

Schneider, Peter – Wurde 1968 ohne eigenes Verschulden zu einem der Wortführer der Protestbewegung und war seither damit beschäftigt, den Eindruck zu zerstreuen, er hätte einmal etwas Vernünftiges gesagt. Zunächst versuchte er es mit der Masche, seinem linksliberalen Konformismus eine ketzerische Note zu verleihen, bis er merkte, daß sich darauf auch gut verzichten ließ. Noch vor der Wiedervereinigung als Erweckungserlebnis für viele Altlinke, die Anschluß ans neue Reich suchten, weil sie dachten, durch die sogenannte Einverleibung der DDR würde die BRD doppelt so stark, hatte Peter Schneider bereits das Endstadium seiner schriftstellernden Dekomposition erreicht und wichtigtuerisch verlautbart, daß es mit der »Schmach der Entnazifizierung« und »mit dem gekrümmten Gang« ein Ende haben müsse: »Die deutsche Geschichte [...] hat Traditionen hervorgebracht, auf die wir stolz sein können, niemandem ist auf Dauer mit der deutschen Bußfertigkeit gedient.« Nachdem er sich dergestalt in eine Kreuzung aus Markwort und Hupka verwandelt hatte und als neuer Mann konservativer Bräsigkeit die Klinken bei den großbürgerlichen Zeitungen wienerte, durfte er dann ab und zu in der Zeitung für Deutschland und im Montagsmagazin für Deutschland den Deutschen ins Gewissen moralpredigen, weil die nicht genügend Engagement und Empörung zeigten hinsichtlich der Ereignisse auf dem Balkan. »Sollte man nicht erwarten, daß gerade die Deutschen sich alarmiert zeigen, wenn ein großes Volk über seine Nachbarvölker herfällt und das Territorium von ethnischen Minderheiten und Mehrheiten ›säubert‹?« Seit wann aber ist ein Massenmörder besonders qualifiziert, einen Massenmord zu verhindern? Erwartet man nicht vielmehr von so einem, daß er die Finger von allem läßt und die Öffentlichkeit nach Möglichkeit nicht mehr belästigt? Offensichtlich nicht, denn laut Peter Schneider ist für den Beruf des Polizisten niemand besser geeignet als der ehemalige Straftäter. Peter Schneider spricht hier aus eigener Erfahrung, denn in der Tat werden aus solchen Leuten oft die lautesten Kläffer, die im Namen von Recht und Ordnung noch das kleinste Vergehen am liebsten mit der Todesstrafe ahnden würden – oder wie der hochgeschätzte F.W. Bernstein das auf den Punkt brachte: »Die größten Kritiker der Elche waren früher selber welche.« Wenn man die Exkulpation der Väter jedoch in Zusammenhang bringt mit der den Deutschen auf Grund ihrer Verbrechen zufallenden Aufgabe, sich in andere Konflikte einzumischen, dann deutet das zumindest darauf hin, daß da einer sich nach der guten alten Zeit zurücksehnt, als der Führer kurzentschlossen jene Omnipotenzphantasien verwirklichte, denen sich Peter Schneider nur tagträumend hingeben kann. Statt Truppen aufmarschieren lassen zu können, die im Namen von Humanität und Menschenrechten aber notfalls auch mit einem kleinen Massaker in den Krisenherden der Erde die Logik der Marktwirtschaft durchsetzen sollen, kann Peter Schneider nur Aufrufe verfassen und Propaganda betreiben, eine Tätigkeit, die von den Mächtigen milde und nachsichtig belächelt wird, denn sie gleicht dem Eifer eines Klassenstrebers, der bei niemandem sonderlich beliebt ist. Von Ehrgeiz zerrieben wie Parmesankäse, ist jeder Artikel ein neuer Beweis seiner Anpassung an die Verhältnisse, als ob es immer noch Leute gebe, die ihn für einen Linken halten. Aber durch eine zähe und außergewöhnliche Umtriebigkeit, vor der jeder Redakteur irgendwann resigniert die Waffen streckt, schafft er es immer wieder, präsent zu sein. Wenn's sein muß auch mit einem Roman. Der heißt dann beispielsweise »Vati« oder »Paarungen« und löst immer wieder den gleichen Effekt aus: »Mein Gott, wie peinlich.«

Scholl-Latour, Peter – Bereiste mit seiner Frau den Balkan und schrieb ein rassekundliches Aufklärungsbuch darüber, warum sich dort unten »ein bluttriefender Konflikt der Bekenntnisse« abspielte. Das lag beispielsweise am »zutiefst kriegerischen Instinkt« der serbischen »Balkan-Rasse«, an der »schlummernden gewalttätigen Veranlagung« der Albaner, an den »recht plump und bäuerlich gebliebenen« Mazedoniern und an der »ererbten Neigung zum Zynismus« bei den Rumänen (das sind die mit den langen Zähnen, den Slippern und den krustigen Krawatten – siehe Eintrag zu Küpper, Mechthild). Als dann noch »aufgrund der brütenden Hitze spärlich bekleidete« balkanische Frauen auftauchten, um die »männliche Begierde zu wecken«, war die Lunte am balkanischen Pulverfaß gelegt, da konnte dann auch Scholl-Latour nur noch die »Verwandtschaft von Liebe und Tod«, von »Blut und Sperma« besingen. Matthias Rüb verriet in der *FAZ* dankenswerterweise das Rezept, aus dem sich Scholl-Latours Balkan-Brühe zusammensetzte: »Man nehme eine Handvoll gut abgehangener Vorurteile, vermenge sie mit historischer und religionsgeschichtlicher Halbbildung, gebe eine kräftige

Prise Altherren-Voyeurismus hinzu, lasse es mit einer Fernsehsendung zum Thema aufkochen und garniere es schließlich mit einem großen Autorenfoto.«

Schorlemmer, Friedrich – »Wir brauchen den offenen Streit, aber die Partner, die man für den Dialog braucht, werden gegenwärtig vorher erledigt«, raunt Friedrich Schorlemmer dunkel in »Eisige Zeiten«. Der Kritiker als Killer? Zumindest käme ein bißchen Abwechslung in das öde Spiel, in dem Schorlemmer als eitler Pfaffe ständig sein Pfauenrad schlägt. Statt dessen würde Schorlemmer gezwungen werden, den Brei zu essen, den er pausenlos vor sich hinredet und hinschreibt. Bis er platzt. Das wäre doch großartig.

Schreinemakers, Margarethe – Eigentlich war sie ja schon nicht auszuhalten, da sie noch für den WDR (»Aktuelle Stunde«) strunzig in die Kamera schaute. Irgendwann gab's dann noch diese Steueraffäre und einen gewaltigen Medienlärm um die nachweislich wohl nur durch Bärbel Schäfer zu toppende, journalistisch unfähige, ansonsten uncharmanteste, eitelste, dröhnendste und nervendste Fernsehfrau der Welt. So was gibt es wirklich nur in Deutschland: so ein Bündel fehlgeleiteter Energie, so einen Krawalltränensack, aus dem immer nur der Geldwahn plärrt und die Mißgunst, der Besitztumsgedanke und das Denunziantentum: »Ich habe auch keine Steuern hinterzogen. Aber dafür«, für die Mutmaßungen eines kleinen Zeitungsredakteurs, man streiche bei »Schreinemakers live« 10.000 Mark Gage ein, »dafür bekommen Sie von mir noch Post«, schrie sie am legendären Septemberabend 1996 (man schaltete die Hupe publicityträchtig um fünf vor zwölf ab) in ihr ja auch ästhetisch rundum beschissenes Fernsehstudio, bevor sie weiteren imaginären Verleumndern knüppelharte Prozesse annoncierte, plattwalzen, zetern und, zur Abwechslung, gluckenhaft erdrücken, wenn sonst nix, das kann sie.

Schreinemakers' Verdienst immerhin bleibt: Sie verwandelt, was sie auch bespricht, in Müll und enthüllt somit den Kern des Fernsehens. Sie hat die Lizenz zu Blöd- und Mindersinn und das Patent auf Schleim, Schleim ohne Grenzen, no limits, Schleim, Schleim, und dann noch mal: eimerweise Schleim – nie paßte ein doch deutlich abgenutzter und nutzloser Begriff wie jener des Schleimes besser.

Neben der Tatsache, daß Schreinemakers mal die nachgefragteste, weil deutscheste Moderatorin des deutschen Fernsehens gewesen ist, fährt, wie das Jahr 1997 zeigte, die Titelblattkönigin dennoch ihre gar nicht näher zu beschreibende Sendung samt angeschlossenen Produktionsfirmen in den Keller; was uns wiederum hoffen läßt.

Der Dichter Gustav Jacobsen übrigens spricht Margarethes Nachnamen immer wieder falsch, nämlich angloaffin aus, also in Anlehnung an das Wort vom *Troublemaker* resp. vom *Moneymaker*; also: *Schreynemeikers*.

Das bringt schließlich Licht in die trübe Angelegenheit. Geahnt hatte alles selbstredend schon der genauso impertinente Marius Müller-Westernhagen, als er – die siebziger Jahre wollten keine Ende nehmen – sang, nein: krähte: »Oh Margarethe, gib mir die Knete!«

Schröder, Gerhard – Leidet als Ministerpräsident Niedersachsens offensichtlich an Unterbeschäftigung, denn nicht nur, daß er sich ständig auf der Suche nach der nächsten Kamera befindet, in die er hineingrinsen, und nach dem nächsten Mikrophon, in das er hineinsprechen kann, er ist jetzt auch noch als Model für die in Modekreisen kaum repräsentierte, aber in der Gesellschaft quasi die Mehrheit vertretende Gruppe der Grobschlächtigen tätig. Gekleidet mit einem grauen Einreiher für 900 Mark und einem blauen Hemd für 160 Mark von René Lezard, baggert er jetzt auch noch die Haute Couture an und diejenigen, die sich dafür halten, um Stimmen abzugreifen. Einen skeptischen Blick wirft der für *Amica* abgelichtete Gerhard Schröder dabei auf das Schuhwerk von Joseph Fenestrier für 600 Mark, und er scheint sich zu fragen: Werden sie die Belastung aushalten, oder soll ich nicht doch lieber die guten alten Springerstiefel auspacken, wenn ich kriminelle und andere unliebsame Ausländer – und sind sie nicht irgendwie alle kriminell und unliebsam? – mit einem Tritt zurück in ihre Herkunftsländer befördern werde? Und tatsächlich, kurze Zeit später stand es in der *Bild*. Das Bündnis zwischen Mob und Elite, von dem Hannah Arendt immer sprach, hier ist es manifest geworden.

Schröder, Hiltrud – Warum bloß müssen sich Politiker und Innen auf peinlichste Weise selber auf die Schulter klopfen und voll des Lobes über sich sein? »Mein Engagement für Tschernobyl-Opfer und den Umwelt und Tierschutz kann sich sehen lassen«, belobigt sich Hiltrud Schröder. Bei soviel Engagement keimt in einem der Verdacht, daß die ausländerfeindlichen Sprüche ihres Ex-Ehemannes vielleicht einen ganz anderen Grund haben mochten als seine politische Profilierung am rechten Rand der Gesellschaft.

Schulte, Helmut – Ersann, da 1996 die politische Übermacht der Kohl-Regierung den Propagandaapparat der hellwachen deutschen Arbeiterbewegung schier zu erdrücken und die Bonner Koalition den DGB endgültig vernichtend zu schlagen schien, als Gegenattacke, Konter, als Reaktion auf Kohls »Wirtschaftsstandort Deutschland« den »Lebensstandort Deutschland«. Was, fragen wir uns heute mit dem zeitlichen und gedanklichen Abstand des Historikers, könnte er gemeint haben? Daß es sich bei aller ökonomischen Malaise und pekuniären Tristesse im schönen Deutschland immer noch »leben lasse«? Quasi zu leben »lohne«, trotz ständig sinkender Löhne und parallel ja keineswegs steigender Erträglichkeit des Lohnarbeiterdaseins? Weil Deutschland eben »schön« sei, seine Wiesen und Wälder aber noch schöner sind? Und erst recht seine Biergärten? Und sein Bier das beste ist, aber hallo!? Und darob sich alle Gegner des »Lebensstandortes Deutschland« und des Bierstandortes Deutschland ziemlich »warm« anziehen müßten, denn man schicke sie, wenn sie bloß so weitermachten, demnächst in die Wüste? Da würden sie sich dann umschauen mit ihrem Standort, mein lieber Mann! Da wär' der Ofen aber aus! Endgültig! Finis!!

Wie man hört, fürchten sich die Kapitalisten schon sehr.

Schwarzer, Alice – Ihre Freundinnen nennen sie Emma. Unter diesem Pseudonym gelangen ihr schon in ihrer späten Jugend Aussagen gewaltiger Voraus-, Weit- sowie Durchsicht, wie sich Alice S. immer wieder gerne erinnert: »Bereits 1977 hat *Emma* das erste Dossier über Inzest veröffentlicht. Darin steht klar und deutlich, daß Inzest kein individueller Fehltritt ist, sondern ein Kernstück der Männerherrschaft.« Die wahre Macht des Patriarchats begreift erst, wer versteht, warum die Männerherrschaft auch in kinderlosen Familien so gut funktioniert. »Dabei ist die Hackordnung doch klar: Ganz oben der weiße Mann, darunter der farbige/andere Mann, darunter die weiße Frau, darunter die farbige/andere Frau, darunter die Kinder und ganz unten die Tiere.« Zuoberst die weißen Tauben, darunter die schwarzen Schafe und zuunterst deren zweifarbige Frauen und Kinder. Ein Hundsfott, wer behauptet, es sei anders.

Schweins, Esther – Was hat die Erotik den Deutschen bloß getan, daß sie sie ständig so grob und roh geringschätzen müssen? Aus entsprechenden Umfragen geht jedenfalls immer wieder hervor, daß hierzulande mit den arischen Froilleins Graf, Schiffer, Ferres oder – kaum zu fassen – auch schon mal der Berghoff ausschließlich sinnliches Imitat und weibischer Zierrat bzw. mit den Gestalten Lauterbach, Adorf, George oder Schweiger stets nur groteskes Schwengeltum für erotisch erachtet wird. Welch ein erotikdiskriminierender Irrtum! Als ob es die Attribute spröde, hölzern, fleischwurstig oder aseptisch nicht gäbe, bzw. dröge, schmierig, vorlaut oder tuntig. Allein, für den z.Zt. bedrückendsten deutschen Trugschluß in Sachen Erotik bzw. »Erotik pur« (*Bild*), nämlich die immerzu bloß Schnute ziehende und sich stets sinnlos verbiegende RTL-Kichererbse Esther Schweins, müßte noch ein passendes Ersatz- und Eigenschaftswort erfunden werden.

Wie wär's mit schweinsgaloppig?

Seebacher-Brandt, Brigitte – Man weiß es, aber manchmal ist es ganz nützlich, sich wieder ins Gedächtnis zu rufen, was für eine die Brigitte Seebacher-Brandt ist: »›Mort pour la patrie‹ lautet die Inschrift, die in jedem französischen Dorf einen Gedenkstein ziert. Sie bezeichnet in der Trauer den Stolz, der beseelt; keine noch so späte Strafe für ein noch so frühes Verbrechen ändert etwas daran. Für welches deutsche Vaterland wurde die Judenheit vernichtet; der Widerstand ausgelöscht; der Krieg geführt; die Armee preisgegeben? Die eine Frage nimmt viele Formen an und bleibt sich doch gleich. Was allen anderen Völkern als gemäß gilt und fraglos zugestanden wird, gestehen wir uns nicht – nicht mehr – zu.«

Eine sinnvolle Beschäftigung für Brigitte Seebacher-Brandt wäre sicherlich, wenn sie durch alle Dörfer in Deutschland pilgern, besser: auf Knien rutschen müßte, in denen ein Gedenkstein steht mit der Aufschrift »Für die Gefallenen in den vaterländischen Kriegen«, versehen mit den entsprechenden Jahreszahlen. Immerhin hätte sie dann den Rest ihres Lebens zu tun, und, wer weiß, vielleicht würde nach der Besichtigung des 10.583sten Denkmals die Lust, vaterländische Arien zu trällern, ein bißchen abnehmen. Vermutlich aber ist selbst dieser bescheidene Wunsch noch vergebliche Hoffnung, denn um eine wie Brigitte Seebacher-Brandt zu beeindrucken, müßte man sich schon was anderes einfallen lassen. Eine nämlich, der es wurscht ist, ob ihr geliebtes Vaterland einen Völkermord auf dem Gewissen hat, und bei der nicht auszuschließen ist, daß sie genau aus dem genannten Grund stolz auf Deutschland ist, die also mit dem intellektuellen Niveau des bierseligen und lallenden Skinheads jederzeit mithalten kann, die ist zu abgestumpft, um überhaupt noch was zu merken.

Dann steht man ratlos da und ertappt sich beim Grübeln über die Frage, ob nicht doch die Streckbank und die Daumenschrauben auch heute segensreiche Instrumente wären, mit denen sich zuweilen gewisse zivilisatorische Mindeststandards durchsetzen ließen.

Seeler, Uwe – Heilsfigur. Heilsbringer. »Heiland« (*taz*). Im Grunde: Jesus. Beziehungsweise: der Gorbatschow Hamburgs, der nämlich a) einen zu Klump gewirtschafteten Langweilerverein (HSV) retten und b) dafür den Beifall der hanseatischen Oberschicht einheimsen sollte.

Bloß ging das Ganze schief. Erst ließ sich Seeler zum Präsidenten küren, obwohl seine Frau abgeraten hatte, dann versuchte er, eine neue Vereinssatzung durchzusetzen, über die ganz Schleswig-Holstein lachte. Trotzdem und wegen wuchtiger Reden an die Club-Spitze gelangt, schlenzte und schlawinerte Seeler von einem Fettnapf in den nächsten – nicht ohne sich dauernd zu beklagen, daß er das Opfer von Mißgunst sei. Der enge vertraute Magath, Nachfolger des von Seeler gefeuerten, ausnehmend gutmütigen und verständigen Trainers Benno Möhlmann, brauche keinen Vertrag, beschied die »Legende«, erhielt später dennoch einen und Mitte '97 den Laufpaß. Wer sich die Zeit mit Erinnerungen an Kevin Keegan und den Bananenflanker Kaltz, an Jimmy Hartwig und den Europapokalsieg 1983 über Juventus Turin vertrieb, durfte nun wieder hoffen – allein erneut vergeblich: Der anvisierte ökonomische und sportliche Neuaufbau des HSV ging abermals in die Buchs, trotz oder eher wegen Seeler, der ein brillanter Mittelstürmer war, aber als Leitfigur, die u.U. mal Bilanzen lesen muß, eine Gurke ist.

Höhepunkt der Hamburger Posse, für die Seeler den hypertonischen Hampelmann gibt: angebliche düstere Geschäfte seines Schatzmeisters, Vertrauten und Freundes Jürgen Engel, der für 19,2 Millionen Mark Ost-Immobilien kaufte statt Spieler und wohl auch noch satte Provisionen (930.000 Mark) einsackte. Mittelfeldmann Jörg Albertz war weg (Erlös: 9,2 Mio.), Seeler stand mit hochrotem Kopf vor jener Presse, die ein Jahr zuvor noch beispiellose Kampagnen zu seinen Gunsten organisiert hatte. Seither verliert der HSV in Rostock, und das »Fußballidol« Seeler ist arg »beschädigt«.

Vorläufige Bilanz der Seeler-Regentschaft (Stand August 1997): Tölpeleien, Vetternwirtschaft, klebrige Forderungen nach Gefolgschaft und »Identifikation« mit einem Verein, dessen »Führungsspitze« 40.000 Leinenbeutel einkaufte, die kein Fan wollte, und 5.040 Flaschen HSV-Autopolitur für 48.570,48 Mark. Alles zusammen lagerte in einer Halle, die Seeler höchstpersönlich sich selbst respektive dem Verein vermietet hatte. Die *Welt am Sonntag*, sonst dem deutschen Fußballheroen ob seiner nationalen Verdienste eisern zugetan, ging sogar so weit, Seeler neben »mangelnder Sensibilität für eher fragwürdige Geschäftspartner« handfeste Tricks nachzusagen: So habe ein weiterer seiner zahllosen »besten Freunde«, der Kieler Bauunternehmer Jens Stolterbeck, im Auftrag von Seelers »Uwe Seeler + Partner Projekt Magdeburg GbR« einen Verbrauchermarkt bauen sollen und bloß den sofortigen Konkurs zustande gebracht. Um die Handwerkerlöhne (mehrere Millionen) mag sich Seeler nun wirklich nicht kümmern. Im Gegenteil, er sei »Geschädigter«. Hingegen schaffte er es locker, die HSV-Verwaltungskosten zu verdoppeln.

Seeler jammert und beteuert all dessenungeachtet, wann immer neue krumme Touren seiner Spezis bekannt werden, »er sei nicht eingeweiht gewesen« (*Bild Hamburg*, 23.7.1997). »Verdächtigungen« satt, »zum Schaden von Uwe Seeler und seinem HSV«, raunt es überall. »Seelers Crew verschleiert«, meldet das *Hamburger Abendblatt*, Seelers Reaktion: Mein Name ist Osterhase. Auch Gorbatschow fuhr die Sowjetunion an die Wand, weil der Generalstab (»Männer meines Vertrauens«, U. Seeler) Immobilien im Osten abgab.

Warum soll ausgerechnet der HSV über die Jahrtausendwende hinaus Bundesligist bleiben? Und das mit einem ja schon leicht mehr als peinlichen Präsidenten?

Senger, Gerti – Weiß, was Männer und Frauen leiden, denn sie ist Psychotherapeutin, Wienerin und Sexualexpertin und als solche prädisponiert, über bestimmte Tatsachen zu reden, welche sonst leider meist verschwiegen werden: zum Beispiel, daß immer mehr Männer Potenzstörungen haben, weil sie sich im Bett verweigern. Wie kommt denn so was, werdet Ihr euch nun sicherlich fragen, liebe Kinder. Tante Gerti erklärt es euch: »Die ›Schwanz-ab‹-Parolen waren kastrierend. Jetzt bekommen wir die Rechnung präsentiert: Die jungen impotenten Männer sind die Söhne der kastrierten Väter von damals.« Gerti Senger kann sich bei ihren Forschungen auf statistisches Material der erschreckendsten Sorte berufen: »36 Prozent der Männer haben Potenzstörungen. Jeder fünfte klagt über vorzeitigen Samenerguß.« Die anderen vier nehmen ihn inzwischen sogar klaglos hin. »Und von beidem sind natürlich auch die Frauen betroffen.« Sie sind es nämlich, die in unserer Gesellschaft immer noch den Lappen nehmen und alles wegwischen müssen.

Siebeck, Wolfgang – Kocht nicht bloß still vor sich hin, sondern redet und schreibt auch noch unentwegt darüber. Zum Beispiel, warum er kein Rindfleisch mehr ißt. Nicht von wegen des Rinderwahnsinnes – i wo! »Weil es mir nicht gut genug ist. Wo Tiere so eng zusammenleben müssen wie die Armen in den Elendsvierteln Kalkuttas, wird nichts produziert, was der Konsument mit Würde essen könnte.« Wir fressen ja schließlich auch kein Menschenfleisch aus Indien.

Sloterdijk, Peter – Einmal, es war schon mitten in der Nacht, und Peter Sloterdijk hatte schon tief geschlafen, rief ein Redakteur des *Spiegel* an, entschuldigte sich für die mehr als späte Stunde und fragte, ob ihm, Peter Sloterdijk, nicht vielleicht dennoch ganz spontan irgend etwas einfalle. Sagen Sie ein Thema, antwortete Sloterdijk. Der Redakteur überlegte nicht lange, sondern stellte die erstbeste Frage, die ihm gerade einfiel. »Warum ist der moderne Mensch so besessen vom Auto?« Peter Sloterdijk aber überlegte nicht lange, sondern antwortete: »Das ist ein obsessives Verhältnis: Mensch und Fahrzeug bilden eine Einheit, in der das Fahrzeug die Rolle des besseren Ichs übernehmen kann. Es ist das schnellere, das kinetisch mächtigere Selbst, das sich im Automobil darstellt. Ich sehe die Einheit von Mensch und Fahrzeug schon bei Plato vorgebildet.« Weil aber noch ein paar Zeilen zu füllen waren und der *Spiegel*-Redakteur befürchtete, der Philosoph der zynischen Vernunft könne ihm am Telefon wieder einschlafen, hakte er vorsichtshalber nach: »Verkehrsplaner, die dem Auto nur Transportaufgaben zuschreiben, haben demnach sein Wesen nicht begriffen?« Auf diese Frage hatte Sloterdijk schon die ganze Nacht gewartet: »Alle Theorien, die das Auto als Transportmittel charakterisieren, vergessen eine ganze Dimension«, raunzte er. »Das Automobil ist ebensosehr Rausch- wie Regressionsmittel. Es ist ein rollender Uterus, der sich von seinem biologischen Vorbild dadurch vorteilhaft unterscheidet, daß er mit Selbstbeweglichkeit und Autonomiegefühlen verbunden ist. Und es geht noch tiefer: Das Auto ist eine um den einzelnen Fahrer herumgebaute platonische Höhle mit dem Vorzug, daß man in ihr nicht angeschmiedet sitzt, sondern daß die fahrende Privathöhle Ausblicke auf eine vorbeigleitende Welt gewährt. Daneben gibt es auch phallische und anale Komponenten am Auto: das primitiv-aggressive Konkurrenzverhalten, das Aufprotzen und das Überholen, bei dem der andere, der langsamere, fast wie beim Stuhlgang, zum abgestoßenen Exkrement gemacht wird.« Das Stichwort ließ sich der Interviewer nicht entgehen: »Dann wäre der Katalysator gleichsam die Windel der analen Lust?« Peter Slotordijk erwachte langsam, aber sicher aus dem Halbschlaf, aus dem heraus er bis jetzt noch geredet hatte, und sprach: »Der Katalysator bringt eine Form der Reinlichkeitserziehung am automobilen Selbst mit sich. Lauter dunkle Motive, die beim zivilisierten Menschen blitzschnell aufbrechen, wenn er am Steuer sitzt. Im Auto werden eben Stadien von der allmählichen Rückführung des erwachsenen Ego bis zur intrauterinen Molluske durchlaufen. Und auf jeder Ebene der psychischen Entwicklung bildet das Automobil Spannungen und Aggressionen in der Ich-Werdung ab.« »Und wohin steuert das aufklärungsresistente Auto?« wollte der Mann vom *Spiegel* noch wissen. Sloterdijk seufzte: »Es ist auf der Fahrt ins Nirgendwo, auf der Fahrt in die Fahrt. Autos sind in gewisser Hinsicht Zirkusfahrzeuge, Vehikel der Aussichtslosigkeit. Aber einer begeisterten Aussichtslosigkeit. Man genießt die Fahrt als Fahrt und kann so die Frage nach den Zielen außer Kraft setzen. Autofahren ist eine Weltreligion. Die ganze Moderne ist wie eine Arena, eine in sich geschlossene Strecke. Deshalb sind auch die Formel-1-Rennen so wichtig. Sie sind der moderne Beleg für das, was der Apostel Paulus schrieb: Im Kreise laufen die Gottlosen. Die Kreisfahrten der Neuzeit dementieren die elementare Hoffnung, das epochale Motiv der Neuzeit: den Vorrang der Hinfahrt, den Aufbruch ins Offene. Wenn Technik vollendete Beherrschung von Bewegungsabläufen ist, so bleibt uns eigentlich nur noch eine progressive Funktion: Bremsen.« Und zufrieden mit seinen, wegen der späten Nachtstunde freilich nur arg improvisierten und gewissermaßen bloß flüchtig skizzierten Ausführungen sank der berühmte Philosoph wieder in die Kissen. Das Gespräch aber stand schon am nächsten Montag so im Blatt.

Sölle, Dorothee – Die meisten Menschen in den neuen Bundesländern wollten partout nicht einsehen, wieso sie nach der Wende ihre Biographien einfach so mirnichtsdirnichts wegwerfen sollten. Die bekannte Theologin Dorothee Sölle hat ihre Autobiographie nicht nur nicht weggeworfen, sondern zudem auch noch unter dem Titel »Gegenwind« veröffentlicht, darinnnen die studierte Querdenkerin nicht nur prosaisch, sondern auch lyrisch dilettiert. Zum Beispiel so – dem toten Heinrich Böll gewidmet:

»Wer schützt mich jetzt
vor den Projektilen der Polizei
die in die unbewaffnete Menge schießt.«

Keine Ahnung, Dorothee Sölle. Vielleicht Walter Jens?

Steinbrecher, Michael – Steinbrecher, dokumentierte einst die *Bunte* oder der *stern*, joggt täglich, führt eine eheähnlich zu nennende Beziehung ohne gravierende Spannungen und »Konflikte«, hat sein Publizistikstudium in Dortmund abgeschlossen, säuft nicht, qualmt nicht und durchlief alle vom öffentlich-rechtlichen Fernsehen geforderten Test- und Ausbildungsphasen (»Doppelpunkt«, »ASS«) – mit Erfolg. Heute ist er das Aushängeschild der Zweitverwertung, die institutionalisierte Nulligkeit, der therapeutische Nachkartler in einer pfäffischen Studiogartenlaube, wo er schließlich sogar was zu tun vorgibt? Zu moderieren.

Michael Steinbrecher moderiert, »talkt« bewußt

»körperbetont«. Gelernt hat er bei Dieter Kürten, vermutlich wurde der ZDF-intern hoch angesehene Jüngling in einem unbeobachteten Moment sogar aus Captain Silberlockes edelster Rippe geschnitzt. Jedenfalls wedelt und rudert er manisch, panisch mit den Ärmchen und faltet seine Hände, als gelte es Gottes Beistand zu erflehen, wenn ihm plötzlich dämmert: Es ist nicht zu verantworten, was du hier machst. Gott sieht zu, er wird dir eine ordentliche Abreibung verpassen.

Wie um solche bösen Ahnungen zu vertreiben, lehnt er sich nun noch ein wenig ostentativer und angestrengter nach vorne, scharrt mit den Füßen und rutscht auf der Sesselkante herum. Michael, mußt du austreten?

Er ist ja ein großer Müsser vor dem Herrn (»Das muß ich jetzt doch mal fragen«), aufgeweckt und gut vorbereitet muß er fortwährend sein, den lieben langen Sonnabend bis kurz vor 22 Uhr hat er an seinen verdammt noch mal *sehr* kritischen Fragen herumgefeilt, den ganzen Tag freilich auch nach wallenden hellen Anzügen Ausschau gehalten, in denen sich der Gutdoofel vom Sportdienst stets am gewandtesten geben läßt.

Diese Aura des jesusmäßig angereizten Einfühlungsjournalisten ist es letztlich, die ihm etwas quasi Jenseitiges verleiht, etwas im Prinzip Kürten und Waldy »The Duzer« Hartmann Symbiotisierendes, deshalb wird es mit ihm aller Wahrscheinlichkeit nach auch nie zu Ende gehen. Nimmer. Wie mit dem »Aktuellen Sport-Studio«. Der Bedarf an empfindlichen Moderatorenseelen bleibt desto stabiler, je fürchterlicher sich die »ran«-Crew geriert.

Zweimal in Folge durfte »Michael Der-mit-dem-Zeigefinger-wackelt« (Susanne Fischer) zum Saisonstart 1996/97 »ASS« moderieren, und *Sport-Bild*-Medienkritiker Freddy Durchblick (»Bei jedem Gang ins Stadion geht die Angst vor Freddy Durchblick mit«, gestand unlängst Wilfried Mohren) verlieh ihm, dem verhinderten Sonderschulpädagogen mit den Fächern Gummigymnastik und Plüschkommunikation, prophylaktisch und als Aufmunterung fürs neue Bundesligajahr vier von fünf möglichen »Bällen«. »Um Tiefgang bemüht« sei Steinbrecher gewesen; einen Quark war er – außer um die gleißende Entfaltung seines Selbstbildnisses irgendwo zwischen Rudolf Steiner, Walter Jens und Björn Engholm, um die war der Bursche jederzeit bemüht.

Das beinahe Irisierende, Beglückende an Steinbrecher indes ist: Man vergißt umgehend, was er so von sich gegeben, was er da an seine Gäste hingespeichelt hat. Zurück bleibt nichts – auch wenn er nie und nimmer aufhören wird, wenn er fortfahren wird bis zum Jüngsten Gericht.

Stich, Michael – Ach Gott, es ist wirklich tragisch: Stets hat er auf Siegertyp gemacht, und nie hat er's wirklich zu was gebracht. Zwar 1991 Wimbledon-Sieger, erreichte er sein Tennisleben lang doch nur noch zwei weitere Grand-Slam-Endspiele, die er natürlich verlor. Eigentlich hätte er sie gewinnen müssen, ginge es nach den Tennisexperten aus aller Welt und – nach ihm. Oder wenigstens knapper verlieren müssen, denn Stich, gab noch 1997 John »Big Mac« Mc Enroe zu Protokoll, sei dann, wenn alle ihr »bestes Tennis« spielten, »der Beste«.

Weil nie alle ihr bestes Tennis spielten, war Stich auch nie der Beste. Damit kein Mißverständnis aufkommt: Niemand muß siegen müssen. Wer siegen will, soll nur nicht jammern, wenn er verliert. Das ewige Verlieren aber wurmte und zwackt Stich noch heute tief drinnen in der verletzten Seele. Psychisch,

»mental« (B. Becker) schien Stich zu gebrechlich, um die »big points« für sich zu entscheiden. Deswegen – selten Finalteilnahmen. Sein ewiger Widerpart, der erfreulich eigensinnige und zu Unrecht von Deutschlands zuverlässig einfallslosen Kabarettkadern belächelte Boris Becker, stellte es geschickter an, gewann Wimbledon dreimal und geht daher »in die Annalen ein«.

Stich formulierte – aus Trotz? Weil Becker mal Sympathien für die Bewohner der Hafenstraße gehegt hatte? Weil man halt zu dumm ist? – dafür Anfang der neunziger Jahre sein Einverständnis mit dem rechtsradikalen Mob und gründete schleunigst auch noch eine Stiftung für AIDS-kranke Kinder, um bei Alfred Biolek fett angeben zu können. Becker hinwieder sieht seine »berufliche Zukunft« eher im von ihm initiierten Tennisjugend-Mercedes-Team. Stich, der bettelarme Kerl, beklagte darob kurz vor seinem Karriereende notorisch »fehlende Anerkennung« seitens der »Öffentlichkeit«, während Becker ihm nochmals (und ein letztes Mal) die Show stahl, als er während des 97er-Wimbledon-Turniers entschieden medienwirksamer, nämlich ohne weinerliche Ankündigung abtrat. Was Stich erneut Anlaß zum Trübsinn gab. Usf.

Seine »sportliche Tragik liegt darin, daß er immer der Mann hinter Boris bleiben wird« (*BamS*, 6.7.1997), auch wenn es längst nicht mehr um Sport geht. »Er stand immer in Beckers Schatten«, grummelte es aus dem *Daily Express* (5.7.1997), »ich will nicht [...] der Leidtragende sein«, vertraute Stich laut *FAZ* (6.7.1997) – sich mit morschen Sehnen nach später Anerkennung streckend – der Weltpresse an.

Da ist ihm einfach nicht zu helfen.

Stolpe, Manfred – Die Kassandra von Potsdam hält große Stücke aufs Volk. Zumindest jede Menge kriminelle Energie traut er ihm zu. Er selbst, der Mann des Konsens', der väterlich gerechte Kalfaktor bei der Verteilung Brandenburger Notrationen, würde sich zwar nie unanständig benehmen; aber er kennt einen, der einen kennt, der einen großen, bösen Hund hat, den er von Kette lassen könnte... Aber dann!

Nichts deutet darauf hin, daß die Brandenburger mit ihrem Klitschenhorizont aus den Furchen der Spargelfelder springen und in Aufsässigkeit gegen die Staatsgewalt verfallen könnten. Im Gegenteil: Alles spricht dafür, daß sie sich weiter kujonieren lassen. Sie suchen ihr Heil bei der Begründung von Reiterhöfen, im Lohnverzicht bei der Eberswalder Wurst und der Selbstversorgung mit Feldgemüse aus ihren Vorgärtchen. Aber Stolpe hört das Gras wachsen: Ein »Aufstand Ost« sei klandestin in Vorbereitung, nachdem der »Aufschwung Ost«, den auch der Ministerpräsident lang genug im Munde geführt hatte, abgesagt wurde. Noch einmal würden sich seine Ossis nicht »wie Lämmer in die Arbeitslosigkeit schicken lassen, wie 1990/ 91«. Wo war eigentlich Stolpe damals? Hat er Waffen geölt und Mollis abgefüllt, hat er mit konspirativen Weltverbesserern in der landeshauptstädtischen Kanalisation gehockt? Nein, er ist übers Ödland gezogen und hat beim Blick nach Westen die Sonne aufgehen sehen, hat den »Strukturwandel« gefeiert – den Rückfall in das Elend der Kleinproduktion und Heimarbeit – und seine Regine den Mutterschutz anmahnen lassen.

Jetzt, wenn noch einmal 150.000 Arbeitslose im Osten durch den Wegfall der ABM hinzukommen, sollen aus seinen Lämmern plötzlich Bestien werden. Feuer und Schwefel gegen Bundesbehörden sieht der MP heraufziehen. Hört man nicht schon, wie sie die

Sensen dengeln? Das samstägliche Kehren der Bürgersteige – ist es die stille Vorbereitung unausweichlicher Straßenblockaden? Keinen Tag läßt der Ost-Spezialist der West-SPD vergehen, ohne mit stockendem Atem auf die Bataillone der Untergründler zu verweisen. Der »soziale Frieden« – gemeint ist die Friedhofsruhe in Mecklenburg-Vorpommern, Sachsen-Anhalt und Brandenburg – sei in Gefahr. Er selbst sei »der letzte, der an sozialen Unruhen ein Interesse« habe. Und natürlich der erste, der versuchen würde, seinen Hintern zu retten. Momentan bringt Manfred Stolpe nicht einmal die – auch nur verbale – »Radikalität« Lafontaines auf. Beispielsweise in der Kindergeldfrage hat er sich beeilt, als der bessere Sparer bekannt zu werden.

Das Ganze darf getrost als Profilierungsversuch abgetan werden. Die CDU reagiert wunschgemäß. Als jemand, der die Ostler – auch gern »Unzufriedene und Frustrierte« genannt – erst »auf gefährliche Ideen« bringt, als »Anleiter zu Straßenschlachten«, als Brandstifter, der »am sozialen Frieden zündelt«, hat sie Biedermann Stolpe mehrmals aufgewertet. Ausgerechnet Papa Stolpe! Nach der mißglückten Fusions-Überlandtour und der Niederlage in der Flughafensache phantasiert der Taktiker nun pythisch von seiner »Wunderwaffe«, dem elementar hervorbrechenden Volkszorn. Es erhitzt ihn ein bißchen...

»Die Ostdeutschen haben kämpfen gelernt«, legt er fest. Gerade das haben sie nicht. Das »Volk« zieht sich auf den Kleinhandel zurück und aufs Vietnamesenklatschen und pflegt auf den Fluren der Arbeitsämter das Gespräch übers Wetter, das gelegentlich Hochwässer bringt. Der Verfassungsschutz läßt verschlafen erklären, von der Vorbereitung des Aufstandes noch nichts bemerkt zu haben. Diesmal hat er wirklich nichts verpaßt.

Strauß, Botho – »[...] in der Kultur-Moral der 50er Jahre stehengeblieben, als das Fernsehen und die Rockmusik noch des Teufels waren, des Menschen wahre Bestimmung aber darin lag, ein gutes Buch zu lesen und klassische Musik zu hören. Wie der selige Süsterhenn mit der Aktion ›Saubere Leinwand‹ einst, so tritt uns jetzt Botho Strauß als Anwalt der reinen Seele mit Abitur, Allgemeinbildung und Belesenheit entgegen und kämpft den alten Kampf gegen ihre Verunreinigung durch neumodische Belanglosigkeiten. Der Ungeist des Fernsehens, die böse Reklame, die banalen Magazine – die ganze verbotene jugendgefährdende Welt des pfäffischen Bildungskleinbürgertums der Adenauer-Ära breitet Strauß noch einmal aus.

Auch wenn er nicht geradezu vor den Gefahren des Lippenstiftes und des lasterhaften Tanzvergnügens warnt, die das Seelenheil junger Mädchen bedrohen, so ächtet er doch im schwülen Stil durchs Zölibat verhinderter Lustgreise die heutige Sexualität und Freizügigkeit. Die nämlich tut bei Strauß, was sie auch in katholischen Groschenheften immer tut: Sie verletzt das Geheimnis der Liebe, zerstört jene Sphäre, die, so Strauß in sauertöpfischer Ekstase, ›die undurchdringlichste und verschlingendste des Menschen ist‹. (Doch auch wieder nicht so undurchdringlich, daß Strauß nicht, hinterm phraseologischen Gebetbuch hervorlugend, sehr konkret nach den Maßstäben des sexuellen Gebrauchswertes unterscheiden könnte zwischen ›Kind‹ und ›reifem Mädchenkörper‹.)

Dieses ranzige Altherren-Gerede von ›Männern in den Jahren der Reife‹, die backfischhaften Übertreibungen eines geistig neureichen Kulturspießers, dessen ›Liebe zur Literatur‹ sich nicht einfach von selbst versteht, sondern sich ›gleich dem Universum‹ ausdehnt, die kleinmütigen Oberschüler-Ressentiments gegen ›fette Autopfleger sonntags am Straßenrand‹, die ständige Angeberei mit der eigenen Bildung, die wahllos noch das Geräusch des TV-Zeilentransformators in das ›trizein‹ des Homer verwandelt – all diese dumpfen Attitüden, mit denen Strauß um Aufnahme in den Kreis der geistigen Elite bettelt: Das kann es ja wohl nicht sein, was die Strauß-Enthusiasten so betört; denn dieses Dörrzeug aus dem humanistischen Herbarium ist bei Hans Carossa und in jeder Morgenandacht genausogut zu haben. [...]

Diese Kulturphilosophie, die einfach darin besteht, daß Strauß mit derselben Unumstößlichkeit widerruft, was er gerade verkündet hat, daß er jeder Mode nachläuft, um sie anschließend als Mode zu denunzieren und sich mit seherischer Gebärde aufs Große und ›Ganze, wie es wirklich ist auf der Welt‹ zurückzuziehen, diese Philosophie ist genau das Evangelium, das der Literaturbetrieb deshalb so inbrünstig nachbetet, weil es den Opportunismus der Saison-Denker, die noch in jeder Tendenzwende mit kritischem Bewußtsein sich mitgewendet haben, zur höheren Vernunft nonkonformer Intellektueller erklärt.«

Das hat Christian Schultz-Gerstein bereits 1982 geschrieben. Die Kritik ist selten präzise und hellsichtig. Ihr muß auch heute nichts hinzugefügt werden.

Syberberg, Hans Jürgen – Was ist eigentlich mit Hans Jürgen Syberberg los? Früher hat er uns noch erheitert mit Bannflüchen auf die »Plastikkunst« und den »Plastiktod« und mit dunklen Orakeln gedroht: »Wir werden in Leonardos Welten leben. Der Boden ist bereitet, nun beginnt der Angriff aufs Blut. Viel Kraft wird nötig sein zu überleben.« Hat ihn die Kraft nun verlassen? Wurde Syberberg von einem Vampir ausgesaugt? Oder wurde er gar ausgerottet, wie er vor wenigen Jahren noch befürchtete? »Ausrottungstendenzen setzten sich per Aufruf durch«, klagte damals Hans Jürgen Syberberg, der von sich gerne in der dritten Person spricht. Per Aufruf ausgerottet? Das geht? Das haben wir nicht gewollt, Hans Jürgen Syberberg! Bitte melden Sie sich umgehend bei Jörg Wontorra! Vielleicht als Anwärter auf den Titel »Meister aus Deutschland«, denn das sind Sie doch mindestens, oder? Auf auf, Hans Jürgen Syberberg, auf zum letzten Gefecht.

Thierse, Wolfgang – Unter den Verlierertypen der deutschen Sozialdemokratie hält sich Thierse erstaunlich lange. Das liegt daran, daß laut Quote immer ein Ossi dabeisein muß. Gegenwärtig wuselt Thierse als der personifizierte Schöngeist durchs Willy-Brandt-Haus, besprüht die Zimmerlinde, hängt Bilder von Schumacher und Ollenhauer gerade und hält den Schreibtisch sauber. Beim Personal ist er der mit Abstand beliebteste Hausgenosse. Er sei ein richtiger Mensch, beteuerte mir gegenüber ein Parteidiener an der Pforte, wohl weil das in der SPD nicht üblich ist.

Zahlreiche ehemalige Kunst- und Kulturschaffende der ehemaligen Hauptstadt der DDR waren schon bei Thierse zum Schnittchenschnabbeln. Sie können sich dort mal sattessen, im Krabbencocktail rühren und erzählen, was sie bedrückt. Ein wenig kehrt in die vergrämten Physiognomien das Wangenrot zurück. Sie vermuten in Thierse den künftigen Chef der Hauptverwaltung Verlage und Buchhandel.

Ich war noch nicht eingeladen, muß mir meine Stullen selber belegen; ich stehe allerdigs auch nicht auf einer der Mitgliederlisten der DDR-Künstlerverbände, die Thierse offenbar als Adressensammlung nutzt. Wenn es nicht gleich die Liste der SED-Parteiorganisationen dieser Vereine ist. Im Gesprächskreis Thierse kann man über alles sprechen, es hat bestimmt keine Folgen. Zu vorgerückter Stunde soll sich der Gastgeber – wie ein Informant berichtete, der früher für den Militärverlag der DDR Landserprosa verbrach – an ausgewählte Personen heranpirschen. Thierse hat bekanntlich die Eigenschaft, im Gespräch immer ein wenig zu nahe zu kommen, was Vertraulichkeit herstellt, aber auch die Gefahr wachsen läßt, von seinem – besonders in Errungszuständen – nicht sehr gesunden Atem gestreift und von seinem ekelhaften Bart gekitzelt zu werden. (Nicht umsonst wurde ihm kürzlich nahegelegt, sich vom »Barbier von Bebra« barbieren zu lassen.) Im Verlaufe des Intimkontakts erkundigt sich der Politiker regelmäßig nach »der persönlichen und sozialen Situation« seiner Opfer. Gut unterrichtete Kreise behaupten, er sei von der Parteizentrale mit Mitteln ausgestattet worden, diese und jene intellektuelle Kreatur aus dem Osten für den Wahlkampf oder doch wenigstens für die Stimmabgabe zu kaufen. Ganz oben auf seiner Liste stehen wahrscheinlich der Lausitzer Stimmungssänger Achim Mentzel und die Kabarettmimen von der Berliner »Distel«. Thierse ist nämlich der Kulturobmann dieses kulturfeindliches Vereins, seit ihm Stolpe den Rang des Ostbeauftragten abgejagt hat. Der erfahrene Politiker weiß natürlich, daß er damit fast noch mehr im Abseits steht als Günthi Verheugen oder Hertha Däubler-Gmelin.

Kürzlich hat Thierse deshalb »seinen Anspruch auf ein Ministeramt angemeldet«, wie die Agenturen berichteten. Und zwar mit dem solitären Thierseschen Satz: »Besser als Rüttgers bin ich allemal.« Wobei? Beim Ein- und Ausräumen der Spülmaschine? Beim Rübenverziehen, beim Stutenbesamen? Schade, wir werden's nicht erfahren...

Tönnies, Sibylle – Uli Wickert, der dufte Kumpel aus den »Tagesthemen«, hatte die Idee in Bestsellerhöhe unter die Leute gebracht. Als der Mann von Welt nämlich die Wiedereinführung des Arbeitsdienstes unter der euphemistischen Bezeichnung »soziales Jahr« anregte, da neigte die Leserschaft seines Buches für die Dummen, der Latzhosen-Papa bis zur Taftfrisur-Mama, unisono das Haupt, besorgt um die Jugend, die sinnlos herumlungert und nichts Gutes tut.

Ein Fan Wickerts brachte den Meister nun auf den Punkt. Heraus kam ein Stück, das stark an Freddy Quinns »Wir« erinnerte (»Auch wir tragen lange Haare, nur sind sie gewaschen«) und aus äußerst dubiosen Gründen in der *Zeit* unter der Rubrik »Modernes Leben« stand. Aber der Artikel stammte nicht von Freddy Quinn, sondern von Sibylle Tönnies, die Juristin an der Hochschule Bremen ist und sich aus Gründen der Unterbeschäftigung in Kommentaren um die geistige und körperliche Hygiene ihrer Mitmenschen sorgt. Statt also die Studenten in vernünftigen Dingen zu unterrichten, lungerte Frau Tönnies eines »schönen Nachmittags im Juni« im Park herum, um unschuldigen und knackigen Jungs dabei zuzugucken, wie sie »wie Elfen über englischen Rasen schwebten«. Stattdessen beleidigten »närrische Horden« und »schwerfällige Trolle« ihr Auge.

So nicht, dachte sie sich, im Park haben die nichts verloren. Ab in die Produktion. Natürlich fiel ihr dabei gleich ihr Duz-Freund »Adolf« ein, unter dem es so was nicht gegeben hätte, aber »Adolf« ist nun mal leider nicht gut angesehen, selbst im »Modernen Leben« der *Zeit* nicht. Aber die gute deutsche Tradition des Arbeitsdienstes reicht ja weit über »Adolf« hinaus, der sich, wie Sibylle tadelnd anmerkt, »mit fremden Federn schmückte«. Schon in der Weimarer Republik gab's nämlich die »Arbeitsdienstidee«, die selbst von »vielen Juden« und »Widerstandskämpfern« gutgeheißen wurde. Warum dann also nicht auch von Sibylle Tönnies? Wo jeder die Idee schon mal breitgetreten hat, darf sie als anständige Widerstandskämpferin, die mit »Adolf« ganz dicke ist und wahrscheinlich Juden liebt, besonders wenn sie tot sind, d.h. als ideelle Gesamtdeutsche, nicht fehlen.

Vielleicht sollte man Sibylle Tönnies ihr kleines Geheimnis verraten. Die Tradition, die sie so klasse findet und die sie Sorge um das Gemeinwohl, um die Jugend oder was auch immer nennen würde, heißt in Wirklichkeit Neid auf eine Jugend, die sich aus guten Gründen so schnell wie möglich aus einer Welt verabschieden möchte, in der Leute wie Sibylle Tönnies den Ton angeben, denn es ist immer noch besser, sich per Alkohol oder Drogen frühzeitig aus dem Leben zu expedieren, als sich durch Mißgunst und Haß verzweifelt am Leben zu halten.

Tolmein, Oliver – Wahrscheinlich gibt es auf dem weiten Feld des linken Diskurses nichts, was Oliver Tolmein nicht schon einmal journalistisch sonderbehandelt hätte. Als »Klassenkampfstreber« (Wiglaf Droste) und Stichwortgeber für die Irmgard-Möller-Gedächtnis- und Gesinnungsprosa ließ sich sein Output von anklägerischer Literatur, an der die Herrschenden irgendwann todsicher ersticken, ganz gut ignorieren. Als aber Oliver Wichtig, wie sein wahrer Name lautet, einen Nachruf auf den Publizisten Eike Geisel verfaßte, ließ sich seine unglaubliche Aufdringlichkeit nicht mehr übersehen. Es stellte sich die Frage, was Tolmein dazu getrieben haben mag, über einen Menschen zu schreiben, der von seinem Nachrufschreiber nicht nur sehr wenig, sondern gar nichts hielt und nie einen Hehl daraus gemacht hat? Angesichts der Vorbehalte wäre es eine Frage des Takts gewesen, die Finger davon zu lassen. Tolmein fehlt dieser Takt, und als politischer Gegner fehlt ihm obendrein das Format.

Tolmein, der zu den »edlen Seelen« gehörte, die Saddam Hussein gegen den »amerikanischen Imperialismus« die Stange hielten, entdeckte im »Bellizismus«, »der im Golfkrieg Konturen gewonnen und im Jugoslawienkrieg Gestalt angenommen hat«, eine Kontinuität, um Eike Geisel damit in die Nähe einer Gesellschaft von Verrückten wie Tilman Zülch und Daniel Cohn-Bendit zu bringen, die am liebsten Bomben auf Pale abgeworfen hätten. Natürlich aus rein humanitären Gründen, d.h. aus den gleichen Motiven, aus denen auch Oliver Tolmein unentwegt schreibt und das Niveau noch jeder Zeitung senkt, die ihn veröffentlicht. Der Golfkrieg und der jugoslawische Bürgerkrieg hatten jedoch grundverschiedene Voraussetzungen. Daß Eike Geisel die Folgen der Konflikte »nicht vorhergesehen« habe, kann nur jemand schreiben, dem es nicht paßt, daß Eike Geisel eine andere Meinung dazu besaß. Tolmein stellt damit nur die hohe Kompatibiliät seiner Artikel unter Beweis, die als Beitrag für Wickerts »Tagesthemen« genauso taugen wie für linksradikale Blätter.

Äußerst belustigt wäre Eike Geisel auch über die Bemerkung gewesen, daß »die Friedensbewegung [...] nach dem Golf-Krieg auch wegen der Intervention von Eike Geisel trotz ihrer Mobilisierungserfolge politisch und moralisch am Ende« war, denn natürlich läßt sich dieser nachgeworfene Lorbeerkranz nicht anders als ein Versuch werten, vom Glanze eines Autors etwas abzubekommen, der die Nase rümpfte über die opportunistischen Qualitäten eines Journalisten, dem es nur um die eigene Vermarktung geht und der zu 98 Prozent gespreizte Allerweltsartikel von sich gibt, langweiliges Zeug eben, und das, wo doch jeder Linke noch in Erinnerung haben müßte, daß Langeweile konterrevolutionär ist. Zeit seines Lebens hatte Eike Geisel nur Hohn und Spott für die Tolmeins dieser Welt übrig, u.a. auch deshalb, um von diesen nicht mit einem Nachruf belästigt zu werden. Es hat ihm nichts genutzt. Aber er hat gesagt, was er von diesem speziellen Tolmein hält, als der noch Chefredakteur der *jungen Welt* war und glaubte, mit »geheuchelter Empörung« in den Streit zwischen Broder und Hrdlicka eingreifen zu müssen, um das Ansehen von Auschwitz zu retten, welches nicht »herabgewürdigt« werden dürfe.

»Staatstragend und kirchentagsmäßig betroffen sinnierte Oliver Tolmein über die Gefahr der ›sprachlichen Einebnung der NS-Verbrechen‹. Und seine Abmahnung schloß: ›Der Streit zwischen ihm [Hrdlicka] und Broder ist [...] eben doch einer zwischen einem, der im Nationalsozialismus aufwachsen konnte, und einem, der vom NS-Regime ermordet worden wäre.‹ Eine berühmte Publizistin, die im Unterschied zu Tolmein etwas von der jüngeren deutschen Geschichte verstand, reagierte auf derlei dämliche Konstruktionen immer mit derselben Auskunft: ›Wenn meine Großmutter Räder hätte‹, pflegte Hannah Arendt zu sagen, ›dann wäre sie ein Autobus.‹ Man könnte nämlich ähnlich zurückfragen, was aus dem nach dem deutschen Reinheitsgebot gezeugten Oliver Tolmein geworden wäre. Wahrscheinlich Chefredakteur der *jungen Welt*. Oder vielleicht der *Jungen Freiheit*?«

Thilo, Andrea – Man nennt das wohl einen Reflex, daß nämlich immer, wenn wir in das Sex-Journal »Liebe Sünde« auf Pro Sieben geraten und uns beim

Anblick der vielleicht recht lieben, aber auf keinen Fall sündigen Ansagerin Thilo auch immer gleich alles schrumpelnd vergeht, daß uns dann stets ein Gespräch in den Sinn schießt, einst eher zufällig und, zugegeben, heimlich erlauscht in der als Mobbingküche ebenso bekannten wie berüchtigten Kantine des Norddeutschen Fernsehens zu Hamburg, dem Fräulein Thilo vor ihrem Pro-Sieben-Engagement als so eine Art Mädchen für alles diente. Nämliches Gespräch aber ging in so:

»Guck' mal, die Thilo«, so raunte da an unserem Nebentisch einer ihrer damaligen NDR-Kollegen einem anderen zu, als die Thilo wieder einmal ebenso oho wie o-beinig durch die Tischreihen quirlte, und fügte, wenn uns unser Gedächtnisprotokoll nicht trügt, recht verächtlich hinzu: »Die dumme Kuh!« Worauf der andere erwiderte: »Aber schöne Brüste hat sie«, was wiederum der erste so kommentierte: »Na und? Dumm bleibt dumm. Da helfen auch keine Titten.«

Wie gesagt, nur so ein Gesprächsfetzen, vor Jahren aufgeschnappt und eigentlich gar nicht für unsere Ohren bestimmt, hat er sich dennoch in uns festgefressen, um immer dann reflexartig über den inneren Lautsprecher zu erschallen, wenn Andrea Thilo im Sex-TV antritt und dort zum Beispiel Sätze wie diesen entwickelt: »Die Inder haben mit dem Kamasutra eine Liebestechnik entwickelt, von der wir uns manch eine Scheibe abschneiden könnten.« Ja, sie erscheinen einem mitunter schon sehr seltsam, die Vorgänge, die unser Hirn steuern und sein Erinnerungsvermögen bestimmen. Noch seltsamer erscheint einem allerdings die Vorstellung von einem in Scheiben geschnittenen Kamasutra.

Thomas, Carmen – Radiomoderatorin, Buchautorin und Inaugurin der sogenannten gelben Welle. Warum in die Apotheke schweifen? Hallo Sie! Das Gesunde liegt so nah! Urin! Genauer gesagt: Eigen-Urin. (Oder würden Sie fremder Leute Pisse trinken? Man ist ja nicht pervers.) Allerdings: Immer mehr Anhänger und Anhängerinnen der homöopathischen Lehre der Wirkungspotenzierung durch Verdünnung trinken übrigens nun auch Wasser aus dem Hallenbad. Aber bitte darauf achten, daß es ungechlort ist!

Thust, Ebby – Weltberühmter Frankfurter Box-Promoter, der schlecht schläft. Wegen seiner »Schnarchkrankheit« (*Bild Frankfurt*, 15.7.1997), die besondere Vorkehrungen und Apparaturen direkt am Bett des mächtigen Mannes erforderlich macht, konnte Thust ewig und drei Tage nicht in den Knast: Es fand sich hessenweit keine einzige Zelle, wo Thust seine zweieinhalb Jahre (Steuerhinterziehung) hätte verpennen können, ohne permanent in Lebensgefahr zu schweben.
Doch im Juni 1997: »Retourkutsche der Staatsanwaltschaft«! Thust muß nach Butzbach, »Hessens härtester Knast«. »Sträflingskleidung, sie haben mir nur die Schuhe gelassen«, stöhnt Ebby, als er nach Frankfurt-Preungesheim übersetzt. Vor der JVA aber böses Erwachen: »Er findet seinen Meldezettel nicht, der Pförtner macht nicht auf. Ebby ist ratlos. Rüttelt am Knasttor: 'Laßt mich rein!'« Der »Umzug von Butzbach nach Preungesheim« endet an diesem Tag bei »Makrele mit Graubrot«.

Eine schöne Geschichte. Gerne hätten wir Ihnen noch zwei Photos mit Bildlegende gezeigt (Ebby rüttelt am Tor, Text: »Gibt's doch gar nicht. Ebby vorm Knast in Preungesheim. Doch sie wolle ihn net reinlasse: Meldezettel vergessen!«; Ebby mit Karton, beim Umzug, Text: »Nix wie weg hier! Ebby Thust (49) läßt Butzbach hinter sich. Schwerstarbeit: Im Karton hat er seinen Fernseher verstaut.«), doch so müssen Sie auf Eugen Egners Umschlagzeichnung für das Buch »Falsche Freunde fürs Leben« von Gerhard Henschel zurückgreifen.

Vaatz, Arnold – Warum man ausgerechnet diesen U-Bahn-Laiendiakon versehentlich zum Minister gemacht hat, ist schnell geklärt. Der sympathische Choleriker mit dem duftigen Anflug von Burschenschaftshumor macht mit der ihm eigenen Persistenz den Unbequemen, den streitbaren Klassenkasper in Biedenkopfs Kabinett, der nicht nur eine Lippe dick wie Traktorreifen hat, sondern sie auch riskiert. Für den wackeren Reservewehrdienstverweigerer ist nicht etwa der Heitmann ein Nazi, vielmehr sei eine Fernsehglosse des Kabarettisten Richard Rogler zum einschlägigen Thema »Wohlstandsfaschismus«, ja sie übertreffe im nämlichen Falle sogar Erich Mielkes »Zersetzungsmaßnahmen«. Fez mit Vaatz, von der Memel bis zur Maas. Das trägt ihm noch heute die Hochachtung legionärskranker und haltungsschwacher Revolutionsschriftsteller ein. Auch stand einmal zu lesen von ihm: »Tief am Grund der Erfolge der PDS in Ostdeutschland liegt die Meinung vieler Deutscher, ihr Verbrechen an den Juden berechtige sie, die Millionen Opfer des Kommunismus (und infolgedessen auch die kleinen Referatsleiter Stalins in Ostdeutschland) zu ignorieren.« Keineswegs durch widernatürliche Gunstbezeigungen von oben oder infantile Regression ist so was induziert – der meint das wirklich so. Da leuchtet sie immer wieder auf, seine Dissidententriebstruktur mit Abitur, wie er sie auch in höchsteigener Gebärdensprachdichtung »voll analytischer Intensität« zum Ausdruck bringt: »Film zum Tag der Befreiung: panzer / rollen heran und / breiten hinter sich aus ein / riesiges Land voller / panzer.« Da fällt es doch schwer, in der Hose zu bleiben, oder?

Vogts, Hans-Hubert – Löffelt seit kurzem während der Werbepausen bei »ran« einen Gervais Schlemmerquark. Dabei verzieht er das Gesicht so komisch. Ist der Job des Bundestrainers denn wirklich so schlecht bezahlt, daß er öffentlich Quark nicht nur reden, sondern auch essen muß?

Vollmer, Antje – Korruption in der Politik ist normal, die Grünen aber machen Dumping-Preise: Für einen kleinen Posten als Vizepräsidentin des Bundestags lobt Antje Vollmer die Deutschen ungeniert als »gründlich zivilisiert«, auch wenn sie gerade wieder mal das Gegenteil beweisen. Denn erstens weiß Antje Vollmer, was man von ihr erwartet, zweitens hält sie die von ihr erfundene »Zivilgesellschaft« für ihr ganz persönliches Verdienst, und drittens hat die Bielefelder Theologin hautnah am Kitsch gebaut. »Die Möwe war ihr Lieblingstier«, schrieb Vollmer im *Spiegel* Petra Kelly hinterher und wußte noch mehr zu berichten: »Das Leben der Petra Kelly bot sich an, den Mythos der Grünen zu verdichten wie der Körper von Janis Joplin, um die Geschichte der Rockmusik darauf zu schreiben.« Darauf muß man erstmal kommen. In ihrem Nachruf auf Kelly entblößte Vollmer aber auch sich selbst: Daß Petra Kelly nicht mehr täglich alle Medien mit sich vollmachen konnte, nannte Vollmer »eine Form der Folter«. Seitdem weiß man, wie man Antje Vollmer ihr penetrant geistfernes Geschrebbel adäquat heimzahlen kann: indem man sie in ihr privates Leben entläßt. Es muß die Hölle sein. Gut.

Wagenknecht, Sahra – Manchmal scheint schon der Name davon zu künden, wie es um die Hoffnung der Kommunisten Deutschlands und deren Plattform bestellt ist. Nicht jedem ist es eben gegeben, Rosa Luxemburg zu heißen, aber zumindest beim Schreiben will Sahra Wagenknecht ihrem eigenen Namen alle Ehre machen. Ihre Artikel versprühen den Charme eines Parteiprogramms, ihre Sätze schmiedet sie mit einem Hammer, und ihr Stil strahlt die Eleganz eines groben Klotzes aus. Ihr Schriftstellern ist bombastisch und duftet nach fünfziger Jahre, nach Bohnerwachs und Soljanka, als der aus dem *Neuen Deutschland* bekannte Jargon der Nomenklatura dröhnende Langeweile verbreitete.

Wer Wagenknecht liest, der weiß danach ganz genau: Daß die Linke, und vor allem die kommunistische, so unattraktiv ist, wie sie ist, das liegt an Sahra Wagenknecht, die sich in die schöne muffige DDR-Zeit zurücksehnt. In einer als Rezension getarnten nekrophilen Liebeserklärung an Ulbricht in *konkret* klärt sie über das Mißverständnis auf, sie wäre emanzipiert oder hätte sonst irgend etwas mit den Errungenschaften zu tun, die man fälschlicherweise der Linken zuschreibt. Ihr Führer heißt Ulbricht und gehört »unstrittig [...] zu den Staatsmännern, die die deutsche Geschichte dieses Jahrhunderts bewegt und mitgeprägt haben«. Und weiter: »Sucht man unter ihnen solche, die ihr Wirken der fortschrittlichen Richtung verschrieben, dürfte es schwerfallen, Namen von Gewicht neben dem seinen zu finden. Und dennoch ist die Lebensgeschichte dieses kompromißlosen Strategen und brillanten Taktikers, [...] dieses machtpolitischen Praktikers mit langem Atem und ungebrochenen Idealen bis heute ungeschrieben.«

Die Beamtenprosa des *Neuen Deutschland* ist einfach nicht totzukriegen. Sahra Wagenknecht schreibt sie fort und tritt in harte Konkurrenz zu den gespreizten und pfauenhaften Leitartikeln Theo Sommers. Immerhin, von Sahra Wagenknecht wissen wir jetzt, daß es auch im Osten »unstrittig« Staatsmänner gab, »Namen von Gewicht«, die Geschichte gemacht haben. Nicht nur im Westen gibt es die. Auch der Osten hat da ein paar in seiner Rumpelkiste liegen; z.B. Onkel Walter, und der hätte es sich nicht träumen lassen, daß er jetzt noch solche hagiographischen Gebinde ins Grab hinterhergeworfen bekommt.

Verkehrte Welt! Die Kommunisten machen aus der Geschichte von Klassenkämpfen eine Geschichte von Staatsmännern, die ostdeutsche CDU mahnt in einem Erneuerungspapier die »innere Revolution« an. Was beide eint, ist die ostdeutsche Identität. Bei solchen Verteidigern mußte die DDR einfach zusammenbrechen. Leider, denn die ästhetischen und politischen Zumutungen von denen da drüben waren hinter einem eisernen Vorhang doch ganz gut aufgehoben.

Wecker, Konstantin – Das nach der finnischen Ortschaft Häme benannte Gefühl der Genugtuung, das die Deutschen ihr »gesundes Rechtsempfinden« nennen, wollte sich nicht einstellen, als man von der Verhaftung Konstantin Weckers hörte. Denn keine Sonderkommission zur Verhütung von Quälerei durch Sprache und Musik hatte Konstantin Wecker aus dem Verkehr gezogen, sondern bloß banal das Rauschgiftdezernat. Die Meldung der Nachrichtenagentur Reuter, Wecker habe 1995 rund 700 Gramm Kokain »unbefugt erworben«, führte also nicht zu Erschütterung.

sondern nur zu der Frage: Wie und wo hätte er soviel Koks denn auch befugt bekommen sollen?

Groß war das gespielte Entsetzen über Weckers Drogenexistenz; erst kurz vor seiner Verhaftung aber, im September 1995, hatte man ihm den mit 15.000 Mark gesüßten »Kurt-Tucholsky-Preis« umgehängt – ganz so, als sei Tucholsky dafür bekannt gewesen, daß er, offenen Hemdes und mit braungebrannter, goldkettchenbehangener Brust, schwitzend und stiernackig am Klavier gesessen und brünftig pathetische und feuchte Lieder gesungen hätte. Die Jury, in der u.a. Michael Hepp, Volker Kühn, Friedrich Schorlemmer und Carola Stern zusammengegluckt hatten, sparte in ihrer Begründung nicht mit öligen Essenzen: »Kämpferische Haltung gegenüber Rassismus und Fremdenhaß« und »engagiertes Eintreten für die Belange von Minderheiten« sollte Weckers priapistisches Geprahle nun auf einmal auch noch sein. (Priapismus ist jene Krankheit, die der Volksmund salopp »Dauerständer« nennt.)

Groß wäre die Zahl der guten Gründe gewesen, Wecker einmal am Öhrchen und ihn sogar zeitweise aus dem Verkehr zu ziehen: Mit seinem »Freund Rudolf Scharping« saß er, wenn man Zeitungsinterviews glauben will, nächtens »Rotwein« trinkend beisammen und »philosophierte« – ach, wer da hätte dabeisein dürfen, wie dem verhärmten Sparkassenfilialleiter Scharping ganz schwindelig wurde von soviel Männlichkeit und exzessivem Leben, mit dem Wecker hausieren geht ohn' Unterlaß und Ende. Und als er dann einsaß, hatte Wecker nichts anderes zu tun, als gleich ein weiteres Schreckenslied zu schreiben und es öffentlich zu verbreiten: »Getrennt von den Tönen, von Feinden verlacht, und dennoch von eurer Liebe bewacht, hab ich mich im Kerker geschunden...« – als sei er der Graf von Monte Christo und müsse sich mit dem Kokslöffel aus der Zelle herausgraben.

Daß aber der Brüllo Konstantin Wecker als Künstler geehrt und der Kokainist Wecker als Krimineller in den Knast getan wird, paßt gut zu einem Land, in dem immer und grundsätzlich das Falsche passiert (und das Richtige, wenn überhaupt, nur aus den verkehrtestmöglichen Gründen): Deutschland ist kopfmäßige Diaspora.

Weiß, Konrad – Während der Lektüre der Artikel von Konrad Weiß heißt es: fest anschnallen, denn so wie der Mann sich in die Kurven schmeißt und in die Eisen tritt, weiß man sicher, das geht nicht gut, aber wie im Comic überlebt Konrad Weiß noch jeden Crash und rast mit 100 gleich auf den nächsten Baum zu. Nichts jedoch hat Konrad Weiß vom sympathischen Quack, dem Bruchpiloten, an sich. Vielmehr ähnelt Konrad Weiß einer gewissen neuzeitlichen Stadtplage, vor der sich alle Veranstalter fürchten. Jeder kennt diesen Neurotiker, der auftaucht, um ans Mikrophon zu hechten und gehetzt seine kruden und verworrenen Heilsbotschaften loszuwerden, an denen die Welt genesen soll. Konrad Weiß ist Bürgerrechtler, sein Bruder heißt Henlyk M. Blodel, und das Spielzeug, das niemand ihnen wegnehmen darf, heißt Stasi, SED und das alles. Das alles jedenfalls war schlimm. Wie schlimm, erfuhren wir leider erst, als schon alles vorbei war: »Auch die SED war eine Partei des menschenverachtenden Terrors. Der weiße Strich auf dem Bahnsteig war nicht minder zynisch als der Spruch ›Arbeit macht frei‹ an den Toren der Konzentrationslager.« So zynisch ging's da zu. Der weiße Strich war quasi die Selektions-Rampe durch die Nazi-Stasi-Büttel.

Aber weiter! In einer Philippika gegen die Hauptabteilung Aufklärung von Markus Wolf, die Konrad

Weiß in der *FAZ* (9.6.1997) veröffentlichte, tanzten seine Argumente wie ein Sack Flöhe durcheinander. Konrad Weiß kann sich nämlich nicht entscheiden, ob die Stasi Menschen »auf infame Weise zersetzt und zerstört« hat oder nur »ein aufgeblasener seelenloser Apparat« war, dessen Mitarbeiter »nur die Qualität« hatten, »dienstfertig jeden Unsinn, der von ihnen gefordert wurde, zu verzapfen«. Von einem nämlich, der Unsinn verzapft, würde man nicht so mir nichts dir nichts erwarten, daß er »Kinder mißbraucht«. Und auch, daß er Menschen »zersetzte«, und das natürlich »auf infame Weise«, »verbissen und fanatisch«, würde man so jemand nicht zutrauen. Je mehr Konrad Weiß jedoch auf die Stasi einteufelt und je mehr Adjektive ihm dabei einfallen, desto mehr beginnt man zu begreifen, daß Konrad Weiß seine Stasi liebt, daß er quasi mit ihr verheiratet ist, und desto mehr spürt man seine panische Angst, sie zu verlieren, denn irgendwie ist sie ihm ans Herz gewachsen, ist er wie sie geworden, »trotz ihrer Intelligenz unsagbar dumm«. Obwohl, das mit der Intelligenz würde ich nicht unterschreiben wollen. Nicht wirklich!

Weizsäcker, Richard von – Man vermißt ihn, wie er einst locker vom Hocker weitreichende Feststellungen mit noch weitreichenderen Hinterfragestellungen zu handfesten Denkanstößen verknüpfen konnte, die ihm nationale und internationale Achtung von links bis rechts eintrugen: »Die Nazi-Diktatur gehört der Vergangenheit an. Aber bedeutet das, daß wir unser Gewissen ruhen lassen können?« Fragen wie diese, die er sich selber stellte in der ständigen, aber völlig unbegründeten Furcht, daß u.U. niemandem sonst eine solche dumme Frage eingefallen wäre, beantwortete er dann auch gleich selber, und zwar – in diesem Falle –

in etwa dahingehend, daß es stets gelte, vor Gleichgültigkeit zu warnen, wie sie jederzeit von neuem aufkommen könne, wie »alarmierende Zeichen irregeleiteter Psychologie« auch in Deutschland in jüngster Zeit bewiesen. Eigentlich hätte es statt »Psychologie« ja »Psyche« oder »Seelen« heißen müssen, aber daß das außer mir niemand gemerkt hat, zeigt nur um so deutlicher, wie weit die Gleichgültigkeit in Deutschland tatsächlich vorangeschritten ist. Weizsäcker ist also auch heute noch aktuell wie eh und je.

Wessel, Harald – Wurde als ehemaliger Chefredakteur des *Neuen Deutschland* aufs Altenteil gesetzt, aber statt ihn dort im Zustand der Debilität vor sich hindämmern zu lassen, wurde er von der *jungen Welt* als Kolumnenschreiber reanimiert, offensichtlich in der ebenso hinterhältigen wie gemeinen Absicht, ihn durch den Abdruck seiner »Post aus der Provinz« restlos zu blamieren. Dort schreibt er jetzt Offene Briefe an Leute wie »Prof. Dr. Hans-Joachim Veen, Forschungsdirektor der Konrad-Adenauer-Stiftung«, weil ein »mir seit vielen Jahren bekannter *FAZ*-Herausgeber« leider Wessels »Bereitschaft, in eine Diskussion über Ihre Erwägungen einzutreten«, abschlägig beschieden hat. Sehr übel, das. »So bleibt mir eigentlich nur dieser Weg eines Offenen Briefes, um eine öffentliche Aussprache anzuregen, die viele vernünftige Landsleute ›hüben wie drüben‹ für dringlich halten.« Natürlich hat der *FAZ*-Herausgeber gut daran getan, diesem verblasenen und verquasten Schwätzer vor dem HErrn keinen Platz einzuräumen. Mit einer lächerlichen und gespreizten Sprache und einer selten dämlichen Ernsthaftigkeit – »Sie, sehr verehrter Professor Veen, haben mit Ihrem *FAZ*-Aufsatz ein Problemfeld aufgetan, das dringend freimütig beackert werden muß« – sorgt sich Wessel um die innere Einheit Deutschlands: »Die Lage ist ernst, wie der Namenspatron Ihrer Stiftung [Konrad Adenauer] zu sagen beliebte.«

Man stellt sich einen vom ungerechten Lauf der Welt schwer enttäuschten und von aller Realität abgeschnittenen Mann vor, der nicht begreifen kann, daß er, der mit den Politikern aller Welt zu Tisch gesessen hatte, einfach abserviert wurde; der nicht begreifen kann, daß sein Verlautbarungsjargon niemandem mehr imponiert, daß sein Stil nicht witzig und charmant ist, sondern trottelig und antiquiert wirkt; der beleidigt darüber ist, daß ihn niemand mehr nach seiner werten und überaus wichtigen Meinung fragt, und der deshalb alle Symptome einer Bunkermentalität ausgebildet hat. Seine ranzigen Ressentiments und sein großsprecherisches Gehabe, welche in Zeiten der DDR noch selbstverständlich waren und zum Weltbild jedes *Neuen Deutschland*-Lesers gehörten, erscheinen heute nur noch als völlig abgedreht und gaga:

»Ihr Parteifreund Professor Kurt Biedenkopf hat kürzlich in einem von Phoenix verbreiteten Vortrag apodiktisch gesagt, die DDR selbst habe keinerlei Eliten hervorgebracht. [Womit er, nimmt man Wessel zum Maßstab, ja völlig recht hatte.] Können Sie, verehrter Professor Veen, mich wissen lassen, ob es irgendwo irgendwelches wissenschaftliches Material gibt, mit dem sich Biedenkopfs Apodiktum begründen ließe? [Empirisches Material gibt's aber wirklich reichlich.] Noch im Januar 1989 saß Biedenkopf zwei Tage lang beim 87. Bergedorfer Gesprächskreis [Wow!!] im Hotel Bellevue zu Dresden neben Manfred von Ardenne und mir. Mit keinem Wort und mit keiner Geste haben Biedenkopf und Walther Leisler Kiep uns damals zu verstehen gegeben, daß sie uns für verkappte Deppen halten.« Das sind Sätze, die Harald Wessel unsterblich machen werden, denn niemand hätte sich die ausdenken können, und wenn, dann hätte sie keiner geglaubt.

Wickert, Ulrich – Samstagabend auf dem Gendarmenmarkt fährt mir ein Gedanke durch Mark und Bein: Was ist – Gott verhüt's –, wenn Wickert stirbt? Wenn Wickert stirbt, hätten die *Tagesthemen* immerhin ein Thema. Sie wären Erstinformant, das stünde ihnen zu. Sie müßten nicht nach Warnemünde schalten, um die Sendezeit konstengünstig rumzukriegen, sondern könnten eine Montage mit Ulis Kinderfotos bringen. Die Berghoff könnte das große Schwarze tragen, das für Politiker-Attentate und Flugzeugabstürze vorgesehen ist.

Als Wickerts Vorgänger in der Gilde der Zwischentext-Sprecher, ein gewisser Friedrichs, von hinnen zog, hagelte es Nekrologe. Die hiesigen Eliten verfielen in Trauerstarre, und jeder, der in diesem Zirkus, den sie »Öffentlichkeit« nennen, einen Pup zu lassen hat, weinte seinen Anteil in die Kamera. Dieser Friedrichs kam gleich nach Goethe und Adenauer und liebte seinen Hund. Er verkörperte Zuverlässigkeit, männliche Schönheit und Zeilentreue. Er hat von der »Pieke auf gelernt«, wie man sagt, wenn man sagen will, daß einer nicht gerade vom Genius geschüttelt war. Er war absolut sendefähig. Er starb auf Sylt, und da stirbt nicht jeder – »mit dem Blick aufs Meer, den er so liebte«.

Sein Vermächtnis an die nachgeborenen Journalistengenerationen ist, wie Wickert damals mit schmerzbelegter Stimme verkündete, »daß zwischen den Nachrichten und dem Wetter noch irgendwas kommen muß« – z.B. eine Wickertsche Neckischkeit nebst

Augenaufschlag. Wer den kann, hat das Zeug, den Hajo-Friedrichs-Gedächtnis-Preis zu gewinnen.

Wenn Wickert stirbt, hat die Republik einen Diener verloren (ihr wißt, er stammt aus einem Diplomatengeschlecht). An diesem Abend auf dem Berliner Gendarmenmarkt, vor einem ARD-Ballon, der natürlich nicht losging, konnten etwa ein Dutzend Berliner studieren, wie auf Regiekommando in die mißmutige Larve eines magenkranken Nörgelsacks, der im Geiste (wenn das Wort nicht zu hoch gegriffen wäre) seine Konten durchgeht, ein spitzbübisch-süßes »Guten Abend Deutschland«-Lächeln gehißt wird. Die *Tagesthemen* füllen die an Tagesthemen nun noch ärmere Sommerzeit, indem sie Ostler vors Loch schieben. Ostler sind nämlich nicht nur gut als Bananenverzehrer und Gebrauchtautokäufer – sie liefern, wenn man sie richtig anpackt, auch jede Menge Tagesthemen. Sie geben prima Arbeitslose und Kriminelle, aber auch tapfer kämpfende Kleinunternehmer, närrisch von der Freiheit euphorisierte Jugendliche und eisern aufschwungoptimistische Hausfrauen ab. Sie sind immer noch irgendwie besonders. Zum Beispiel haben sie einen anderen Humor als normale Deutsche, wie Herr Wickert verbindlich festlegte (und wer, wenn nicht dieser Humorbolzen, muß das wissen).

Wenn Wickert stirbt, wird uns aber nicht nur ein humorvoller, schöner, brillanter Mensch verlassen, sondern vor allem ein tugendhafter. Wie er da schief im Abendlichte steht und dem Teleprompter hinterherschwadroniert, mag der gebannte Zuschauer für einen Moment vergessen, welch einen Ausbund an Gemeinsinn er vor sich hat. Mit seinem Schaffen hat uns Wikkert u.a. den Gedanken des allgemeinen Arbeitsdienstes wieder näher gebracht und viele Belege dafür herangeschleppt, daß Hegel, Beethoven, Hinz und Kunz schon immer genauso dachten wie Wickert, es aber nicht zu sagen wagten. Irgendwie, vermutet man, liebt Herr Wickert deshalb den Osten: Hier sind wir der Zwangsrekrutierung müßiggängerischer Sozialhilfeempfänger schon ein wenig näher gekommen. Wenn Wickert stirbt, wird keiner mehr sagen, das war einer, der den Rachen nicht voll kriegen konnte. Das ist ja das Schöne am Sterben, daß sich so was dann keiner mehr traut.

Auf dem Gendarmenmarkt haben wir einen großen Deutschen bei der Arbeit erleben dürfen. Stunden vor der Sendung erzählte er dem menschenleeren Platz, welch buchenswerte Leistungen die *Tagesthemen* für die Klarheit und Reinheit des politischen Denkens in Deutschland beinahe täglich erbringen. Bei all dem ist Wickert bescheiden geblieben. Nur im Team, so versichert er, sei möglich, was ihm scheinbar so mühelos gelinge: ganze Sätze fließend abzulesen.

Und wir, wir von der Vergangenheit belasteten Ostberliner durften »live dabeisein«, wie Wickert seinen Scherz des Abends produzierte, nach dessen Passage er stets so entspannt wirkt wie ein Kinderschänder nach zwanghaften Handlungen. Natürlich werden wir die Wickertsche Geistreichelei vom 13. Juli in mehreren seiner Bücher nachlesen können. Aber was ist das schon, verglichen mit dem Erlebnis, einen so bedeutenden und noch immer lebenden Publizisten »live« einen Schabernack schnitzen zu sehen! (Die Berliner Polizisten, schelmte Wickert fürs *Tagesthemen*-Lokalkolorit, hätten vor der Love Parade Laternenpfähle mit Schmierseife eingestrichen, um Kletterer zu hindern. Ist das nicht ulkig? – Nur leider hatte man das schon drei Tage zuvor in der Zeitung gelesen.)

Wenn Wickert stirbt, werde ich mich dieses lieblichen Sommerabends erinnern, bei dem die Claqueure aus dem »ARD-Team« für ihren Uli alle Hände voll zu tun hatten. Außerdem werden wir, wenn Wickert stirbt, alle plötzlich sehr viel ärmer sein. Und ein wenig beschämt werden wir sein, daß wir oftmals einer Anstalt die Gebühren neideten, die luzide Gestalten wie diesen U. W. hervorgebracht hat.

Wolf, Markus – In seinen Memoiren »Spionagechef im geheimen Krieg« kommt Markus Wolf, ehedem Leiter des Nachrichtendienstes der DDR, zu dem Schluß, daß Erich Mielke an allem schuld war.

Mielke sei der Nachrichtendienst »vom ersten Tag an ein Dorn im Auge gewesen« (S. 67). »Er wollte meinen kometenhaften Aufstieg bremsen« (S. 73). Aus lauter Bosheit habe er Wolf 1952 »über eine Stunde im Vorzimmer warten« lassen und Erklärungen »im eisigen Ton« (S. 73) abgegeben. Abgestoßen fühlte sich Wolf auch von »Mielkes wichtigtuerischer Hektik« und »Mielkes Unterwürfigkeit gegenüber Ulbricht« (S. 74). Für Mielke war jede Spionage-Affäre »eine hochwillkommene Gelegenheit, mich seine Macht spüren zu lassen« (S. 75).

Mielke war nämlich ein Mann, »der seine Ambition, selbst an die Spitze der Staatssicherheit zu gelangen, kaum zu zügeln vermochte« (S. 83). Aber Wolfs kometenhafter Aufstieg war ebensowenig zu bremsen: »Man kann sich denken, welche Demütigung es für den ehrgeizigen Mielke bedeutete, mich neben Stoph und Wollweber am Präsidiumstisch sitzen zu sehen« (S. 83).

Mielke war jedenfalls bodenlos böse: »Für Mielke war jeder ein potentieller Verräter, der lebend einem faschistischen Gefängnis oder einem Konzentrationslager entronnen war« (S. 84). Dann kam »die Zeit der einsamen Monologe, mit denen Mielke uns langweilte« (S. 107). Es war auch die Zeit von »Mielkes Intrige gegen Wollweber« (S. 124), »Mielkes Ränken« (S. 127) und »Mielkes Mißtrauen« (S. 129). »Eines der Motive für die Geheimniskrämerei Mielkes war, daß er die Meriten als Retter der DDR vor dem Bankrott nur mit Schalck teilen wollte« (S. 189). Mielkes »abgrundtiefes Mißtrauen« (S. 209) schützte ihn nicht einmal vor manchmal »geradezu naiver Genugtuung« (S. 236), auch wenn er in der Sache knallhart blieb: »Mielke zog sogleich gegen ideologische Diversanten und gefährliche Konvergenzbefürworter vom Leder« (S. 229). Aber auch »Mielkes Art zu bluffen« (S. 355) und »Mielkes Neigung, mit spektakulären Ergebnissen die Erfolge des Ministeriums zu demonstrieren« (S. 428), konnten Mielkes Niedergang nicht aufhalten: »Äußerungen und Weisungen Mielkes widersprachen sich inzwischen von einem Tag zum anderen« (S. 432). »Er glaubte offenbar, wieder einmal besonders geschickt taktieren zu müssen, um bei den sowjetischen Freunden und in der eigenen Führung ja nicht in ein schiefes Licht zu geraten« (S. 433).

»Jahre später las ich ein Interview, in dem Mielke behauptete, er habe mich wegen moralischer Verfehlungen aus dem Ministerium entfernen müssen; im ersten Moment war ich sprachlos, aber dann gewann der Humor die Überhand« (S. 433).

»Humor ist, wenn auch Trotzki lacht« (Richard Kähler).

Kurzum, Erich Mielke war ein Doofmann und ein Schurke, aber Markus Wolf war zeitlebens ein toller Hecht. Vergriffen hat er sich nur beim Titel seiner Memoiren. Er hätte sie »Das große Erich-Mielke-Haßbuch« nennen sollen.

Wollenberger, Vera – »Erinnert sich denn keiner, nicht wenigstens einer...??« (Wolf Biermann) Doch! Vera Wollenberger, das war doch die, die ihren eigenen Stasi-Spitzel geheiratet hat – was sie aber im voraus nicht wußte. Was sie indes gleich auf den ersten Blick von hundert Metern gegen den Wind hätte erkennen können: daß der geheiratete Knud (mit d) W. – Stasi hin oder her – ein ekelhaft bigotter Wurzelzwerg mit Sektiererschweinsäuglein und unappetitlichem Kirchentags-Dreijahres-Struwwelbart ist, das hätte ihr doch nachgerade ins Auge springen müssen, so der Herrgott sie nicht mit völliger Blindheit geschlagen hat. Damit ihr dasselbe nicht noch einmal passiert, ist sie vorsichtshalber vom »Bündnis« zur CDU konvertiert.

Wondratschek, Wolf – Der erbarmenswürdig heulende Kojote unter den zeitgenössischen Lyrikern. Gelangte als olympischer Kraftmeier zu bis heute schwer erklärlichem Ansehen. Seine »Carmen«-Dichtung lag sogar ein paar äußerst programmatischen Passagen des »Rossini«-Drehbuches von Dietl/Süskind zugrunde. Die Wege des HErrn sind unergründlich.

Wondratschek macht, auf vermeintlich Bukowskis und vielleicht L. Cohens Spuren, ungebremst weiter – z.B. in der Funktion eines Box-Dichters, nah am Ring, wo das »Leben« würgt und tobt. Henry Maske zählte er zu seinen Idolen, als RTL dem ewigen Nachwuchsliteraten gewisse Möglichkeiten einräumte, sich noch mal richtig wichtig zu machen – durch bedeutsame Kommentare, etwa: »Wie konnte dieses wiedervereinigte Deutschland einen Boxweltmeister von einer so erstaunlichen Konsistenz aus dem Boden stampfen?« Ja, wie denn?

1969 rumpelte Wondratschek mit einem Prosaband namens »Früher begann der Tag mit einer Schußwunde« auf den schlappen bundesdeutschen Literaturmarkt; früher allerdings schoß der Selbstüberschätzungswahn des »Erfolgreichsten unter den deutschen Lyrikern« (*Die Zeit*) noch weniger ungestüm ins Kraut. Heute, 1997, verantwortet hilfeleistend das Versandhaus Zweitausendeins inmitten wahrhaft »poesieferner Zeiten« (so das Merkheft 148) exklusiv (»nur bei uns«) einen tatsächlich neuerlich überflüssigen 80-Seiten-Band und bewirbt ihn mit den Gedichtzeilen: »Immer wird es einen geben, der fällt, und einen, der lacht. Dann wird gelost, wer an den Unsinn glaubt, den er macht.«

Es ist schon recht niederschmetternd, dieses Dasein als immerzu von den falschen Leuten »gefeierter« Skribent.

Wontorra, Jörg – »Deutsche«, zitierte die *BamS* am 25.7.1997 Jörg »Wonti« Wontorra, »Deutsche« seien – trotz neunationaler Spaß- und Comedy-Culture – »viel zu ernst«. Wirklich wahr. Und, ergänzte der »ran«-Kamerad auf den Gesellschaftsseiten, die einen Simulationsjournalisten frühester Stunde beim Biß in Evas Paradies-Apfel zeigten, den ihm seine Gattin Ariane zwischen die Hauer geklemmt hatte: Man »trifft immer häufiger auf Leute, die gestreßt sind und alles viel zu ernst nehmen.«

Fürwahr: Weil die Vielzuvielen viel zu scharf auf zahllose hochdotierte Jobs sind, macht sich blanker Neid breit, wohin man tritt, und »alles wird« dann auch noch »durch Regeln festgelegt.« Ab 1999, so der *BamS*-Aufmacher, kehre deshalb nach Th. Gottschalk und B. Becker mit Wontorra »wieder ein Prominenter Deutschland den Rücken«, ein Aderlaß ohnegleichen bahne sich an, ein rasender Exodus der besten Köpfe des Landes.

Wontorras Entschluß sitzt fest im Sattel wie sein Polohemd. So möge ihm die Villa »Casa Mucki« zu jenem »Paradies« werden, das sich schon heute aus »Hanglage«, »Pool« und »eigenem Tennisplatz«, dem »sonnigen Süden«, einem Sack voll »Palmen« und der »deutschen Schule in Marbella« zusammensetzt. Schließlich inkorporiert der im Wonti-Diminutiv gut getroffene »clevere Wontorra« (»spekuliert auch an der Börse«) jenen Kretinismus aufs prägnanteste, der »im Alter« die Form der Landsitz-Weisheit annimmt.

Mutmaßlich dieser mittlerweile grenzenlosen Unzurechnungsfähigkeit wegen mußte Wontorra, über den Umweg ARD/Radio Bremen/Schwimmweltmeisterschafts-Reportagen (»Flieg', Albatroß, flieg!«) zum Oberschwallkopf der Sportkommentatorenzunft gereift, im Sommer 1997, als der Bundesliga-Fußball seinen turnusmäßigen Sommerschlaf hielt, auch noch die landeskundlich inspirierte Quiz- und Quasselshow »Sommer, Sonne, Sat.1« veranstalten; mußte deshalb, wie am 28.6.1997 geschehen, die nicht minder unangebrachte Schlagerschabracke Vicki Leandros vor südländisch stimmungsvoller Hafenkulisse zu ihren »Lieblingsplätzen auf Kreta« befragen. Denn wenn zwei grienende Showgrößen aus der vierten Reihe jemals füreinander bestimmt waren, dann waren sie's hier, wo jeder Sinn längst das Weite gesucht hatte. »Das« allerdings, knödelte der ehemalige Schreinemakers-Vertreter in seine Naßrasur, »hört sich fantastisch an.«

Womit er – ein einziges Mal – recht behielt.

Zitelmann, Rainer – Weint und greint, wenn er den Rechten oder den Rechtsextremen zugerechnet wird, weil einer von diesen gemeinen Linken wieder mal nicht genügend differenziert hat. »Oft genügt schon die Autorenschaft in einem Magazin wie *Mut*, um die vermeintliche Verbindung zum Rechtsextremismus nachzuweisen«, heulsust Zitelmann dem Leser die Ohren voll. Na gut, früher sei der Herausgeber des Blättchens mal rechtsextrem gewesen, aber jetzt hätte er sich geläutert, ehrlich. Das würde man schon daran sehen, daß auch Erhard Eppler in *Mut* geschrieben hat und Cohn-Bendit, Margarete Mitscherlich und Gräfin Dönhoff Interviews gegeben haben, quasi Brüder und Schwestern im Geiste, falls überhaupt von einem die Rede sein kann. Und wo die dürfen, da möchte auch Rainer Zitelmann dürfen, quengelt und jengelt er, daß man schon Mitleid mit ihm kriegen und ihm zurufen möchte: Nur Mut! Lassen Sie sich nicht verdrießen in dieser schweren Zeit, Herr Zitelmann!

Nachdem Botho Strauß mit seinem anschwellenden Bocksgesang den Rechten die Gelegenheit gab, in die Offensive zu gehen und das, was man öffentlichen Diskurs nennt, an sich zu reißen, da hatte Rainer Zitelmann, den man zu diesem Zeitpunkt für den Mann hielt, dem man zutraute, die Initiative zu ergreifen, nichts Eiligeres zu tun, als sich in die demokratische Mitte bzw. demokratische Rechte, die politisch vollkommen identisch sind, zu verkriechen, dorthin also, wo so ziemlich jeder genommen wird und wo sich auch Gerhard Schröder gerne aufhält, wenn er Ausländer, die nicht lieb und nett sind, abschieben will. In dieser demokratischen Mitte poliert Zitelmann seitdem fleißig Blödsinn und Phrasen aller Art, wie z.B. jene nach den »entschlossenen und wirksamen Antworten auf die uns bedrängenden Problemlagen, Ängste und Krisen«. Zitelmann hat viele Freunde, die auch keinen richtigen Beruf haben und die das auch tun. Zusammen nicken sie bedächtig. Nennen tut sich das dann »politischer Konsens der Mitte«, und Rainer Zitelmann ist mächtig stolz darauf, daß er dabei sein darf.

Zülch, Tilman – Besser bekannt unter dem Namen »Gesellschaft für bedrohte Völker«, die wiederum häufig mit einer Menschenrechtsorganisation verwechselt wird. Vielmehr handelt es sich bei Tilman Zülch um ein kommerzielles Werbeunternehmen mit mafiaähnlichen Strukturen. »›Wer aufmuckt, fliegt raus‹, sagt ein ehemaliger Mitarbeiter, der nicht namentlich genannt werden will«, war in der *Süddeutschen Zeitung* (12./13.7.97) zu lesen, und Politiker, so erfuhr man, legen sich mit Zülch nur ungern an, weil sonst »schnell eine Mahnwache vor der Tür« steht. Obwohl er also eine Menge zu tun hat, findet Tilman Zülch noch die Zeit, sich für die Menschenrechte so benachteiligter Gruppen einzusetzen wie der britischen IFOR-Soldaten in Jugoslawien: »Diese Scheiß-IFOR-Soldaten. Schau dir diese blöden britischen Gesichter an.« Da waren »diese blöden britischen Gesichter« gerade dabei, an einem Checkpoint ihren Dienst zu versehen. Trotz des Elends in der Welt hat der Mann Humor, Humor quasi von der Brechstange.

Aus dem Elend in der Welt macht Zülch ein florierendes Geschäft, indem er ähnlich wie Benneton vorgeht. Das Elend muß bunt sein und blutig, es muß knallen. Das Label von Tilman Zülch heißt Auschwitz, welches er überall dort aufpappt, wo gerade ein Bürgerkrieg im Gang ist und deshalb Menschen sterben. Genaugenommen müßte er eigentlich Auschwitz-Zülch bzw. -Knülch heißen. 1969 in Biafra: Auschwitz. Im Südsudan: Auschwitz. In Kurdistan: Auschwitz. In Osttimor: Auschwitz. In Bosnien sowieso: Auschwitz. Auschwitz ist heute dank Zülch überall. Dabei geht es ihm in der Verbreitung des Elends in Wort und Bild nicht um Genauigkeit und Richtigkeit der Fakten (so wenig übrigens wie dem als Fakten-Männchen bekannt gewordenen Helmut Markwort, der aber eigentlich Chefredakteur von *Focus* ist und hauptberuflich in

Videos und Werbespots mitwirkt), sondern darum, daß das Elend mit dem Markenzeichen Auschwitz beim Zuschauer oder Leser gut ankommt, auf daß der den Geldbeutel zückt und Tilman Zülch um Ablaß bittet.

Je mehr aber Tilman Zülch das Elend in Szene setzt, darauf deutet und Genozid und Auschwitz schreit, desto offensichtlicher wird seine Affinität zur dargestellten Grausamkeit, und er gleicht dem britischen Oberst, von dem Eric Ambler in einem seiner Bücher erzählt und der aus einem der Kolonialkriege Englands eine Sammlung schockierender Photos besitzt, die er unter dem Vorwand der Empörung und des Abscheus gerne herumzeigt, um sich daran zu delektieren. Solche Aufnahmen wirken für Zülch offensichtlich so stimulierend wie für andere pornographische Darstellungen. Während man aber über die Freunde der Pornographie die Nase rümpft, genießt Tilman Zülch ein hohes gesellschaftliches Ansehen, obwohl es eigentlich umgekehrt sein müßte.

Aber wie jeder nervtötende Gutmensch hat es Tilman Zülch doch nur gut gemeint. Er jedenfalls, da ist sich Tilman Zülch hundertprozentig sicher, hat aus Auschwitz gelernt. Gerade die Deutschen trügen Verantwortung, aber weil die nicht immer so wollen, wie Tilman Zülch gerne will, hat er der *Süddeutschen Zeitung* verraten, was ihn wirklich an den Deutschen stört: »Deutsches Versagen in Genozid-Dingen.« Interessant! Aber wie die Genozid-Dinge so liegen, ist es da nicht etwas übermotiviert, »deutsches Versagen« anzuprangern, bloß weil ein paar Juden davongekommen sind?

Der wissenschaftliche Beirat:

Wiglaf Droste, geboren 1961, lebt als Schriftsteller und Gelegenheitssänger in Berlin. Buchveröffentlichung: »Begrabt mein Hirn an der Biegung des Flusses«, Hamburg 1997.

Fritz Eckenga, geboren 1955, lebt als Fan von Borussia Dortmund in Dortmund und ist freier Autor und Bühnenkünstler. Buchveröffentlichung: »Kucken, ob's tropft. Trockene Geschichten und dichte Gedichte«, Berlin 1997.

Thomas Gsella, geboren 1958, lebt in Frankfurt/Main und ist Redakteur bei *Titanic*.

Gerhard Henschel, geboren 1962, ist freier Autor und lebt in Göttingen. Buchveröffentlichung u.a. (zusammen mit Wiglaf Droste): »Der Barbier von Bebra«, Hamburg 1996.

Jürgen Roth, geboren 1968, kennt einige Getränkemärkte dieser Welt. Lebt sonst als freier Autor in Frankfurt/Main. Buchveröffentlichung u.a. (zusammen mit Michael Rudolf): »Bier! Das Lexikon«, Leipzig 1997.

Michael Rudolf, geboren 1961, lebt voraussichtlich bis ans Ende seiner Tage als Gelegenheitsvegetarier in Greiz. Buchveröffentlichung u.a. (zusammen mit Jürgen Roth): »Bier! Das Lexikon«, Leipzig 1997.

Christian Schmidt, geboren 1956, lebt als freier Journalist in Frankfurt/Main.

Peter Schneider, geboren 1957, lebt in Zürich und ist Psychoanalytiker. Buchveröffentlichung u.a.: »Wahrheit und Verdrängung. Eine Einführung in die Psychoanalyse und die Eigenart ihrer Erkenntnis«, Berlin 1995.

Fritz Tietz lebt als freier Autor in Hamburg. Buchveröffentlichung: »Und drinnen spielt ein Mongoloidenkapellchen«, Greiz 1995.

Mathias Wedel, geboren 1953, lebt als freier Autor in Berlin. Letzte Buchveröffentlichung: »Wie ich meine Kinder mißbrauchte. Das Ende der Erziehung«, Berlin 1997.

Aus der Reihe Critica Diabolis

21. Hannah Arendt, Nach Auschwitz, 26.-DM
33. Wolfgang Pohrt, Das Jahr danach, 36.-DM
34. Robert Kurz, Potemkins Rückkehr, 30.-DM
36. Eike Geisel, Die Banalität der Guten, 26.-DM
37. Bittermann (Hg.), Der rasende Mob, 24.-DM
40. Gerhard Henschel, Das Blöken der Lämmer, 26.-DM
44. Klaus Bittermann/Gerhard Henschel (Hg.),
Das Wörterbuch des Gutmenschen Bd.1, 28.-DM
45. Bittermann (Hg.), Serbien muß sterbien, 28.-DM
46. Bittermann (Hg.), Identität und Wahn, 26.-DM
48. Gerhard Henschel, Falsche Freunde fürs Leben, 26.-DM
49. Peter Schneider, Wahrheit und Verdrängung, 32.-DM
50. Harry Mulisch, Die Zukunft von gestern, 38.-DM
51. F.W. Bernstein, Die Stunde der Männertränen, 28.-DM
52. Rebecca West, Gewächshaus mit Alpenveilchen, 32.-DM
53. Klaus Bittermann/Wiglaf Droste (Hg.)
Das Wörterbuch des Gutmenschen Bd.2, 28.-DM
54. Wiglaf Droste, Brot und Gürtelrosen, 20.-DM
55. Wolfgang Pohrt, Theorie des Gebrauchswerts, 34.-DM
56. Mathias Wedel, Erich währt am längsten, 26.-DM
57. Georg Seeßlen, Natural Born Nazis, 28.-DM
58. Folckers/Solms (Hg.), Risiken und Nebenwirkungen, 32.-
59. Bittermann/Roth (Hg.), Wieder keine Anspielstation, 28.-
60. Guy Debord, Panegyrikus, 32.-DM
61. Albert Hefele, Grauenhafte Sportarten, 24.-DM
62. Susanne Fischer/Fanny Müller, Stadt Land Mord, 29.80
63. Jane Kramer, Unter Deutschen, 44.-DM
64. Bittermann/Roth (Hg.), Das große Rhabarbern, 28.-DM
65. Guy Debord, Die Gesellschaft des Spektakels, 40.-DM
66. Fritz Eckenga, Kucken, ob's tropft, 24.-DM
67. Bittermann/Roth (Hg.), Sorge dich nicht, lese! 28.-DM
68. Wolfgang Pohrt, Brothers in Crime, 32.-DM
69. Mathias Wedel, Wie ich meine Kinder mißbrauchte, 22.-
70. Fanny Müller, Das fehlte noch! 28.-DM
71. Kay Sokolowsky, Sendestörung, ca. 26.-DM
72. Warum sachlich, wenn's auch persönlich geht.
Das Who's who peinlicher Personen, 28.-DM
73. Robert Kurz, Dabeisein ist alles, ca. 24.-DM